U0549466

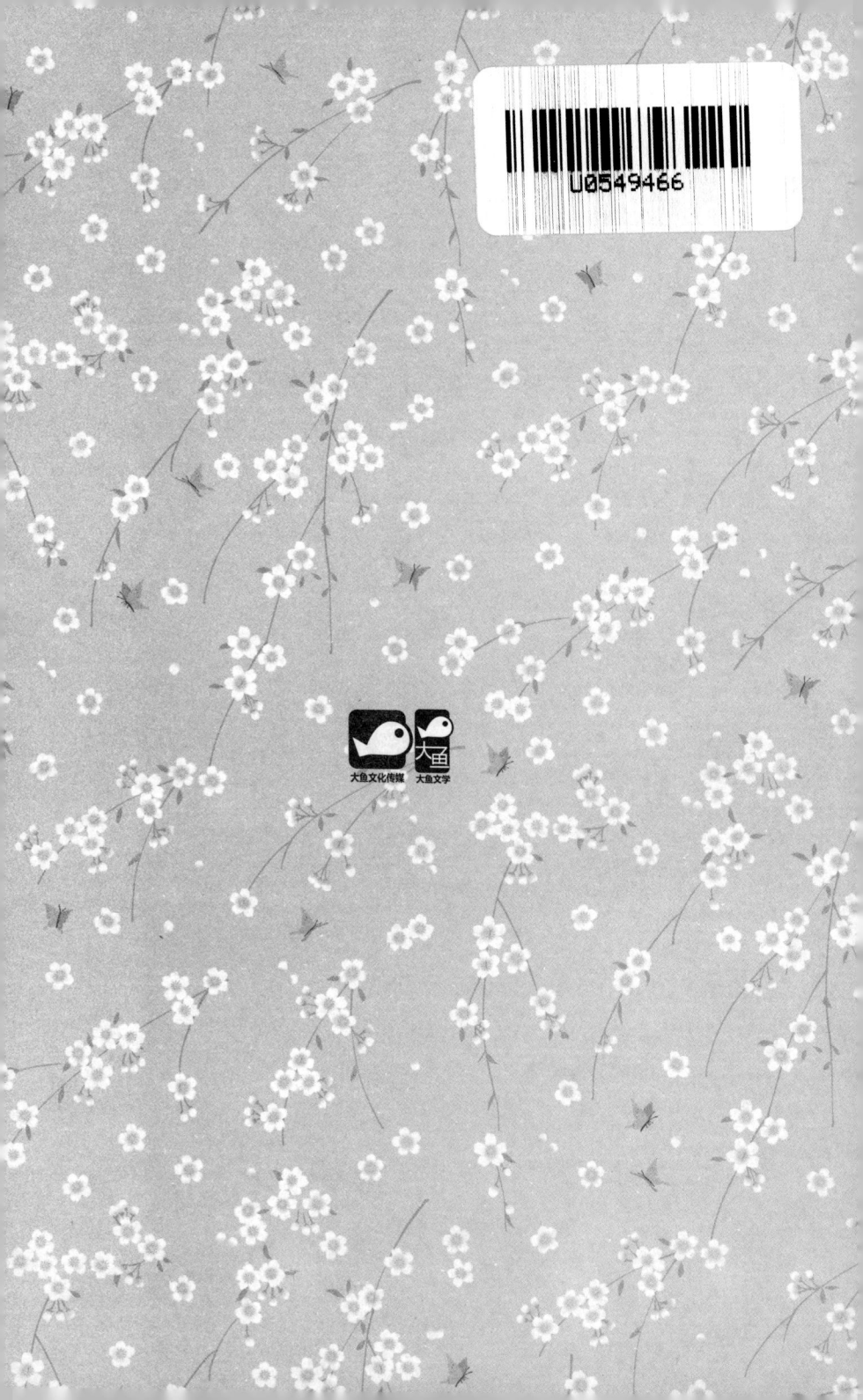

大鱼文化传媒　大鱼文学

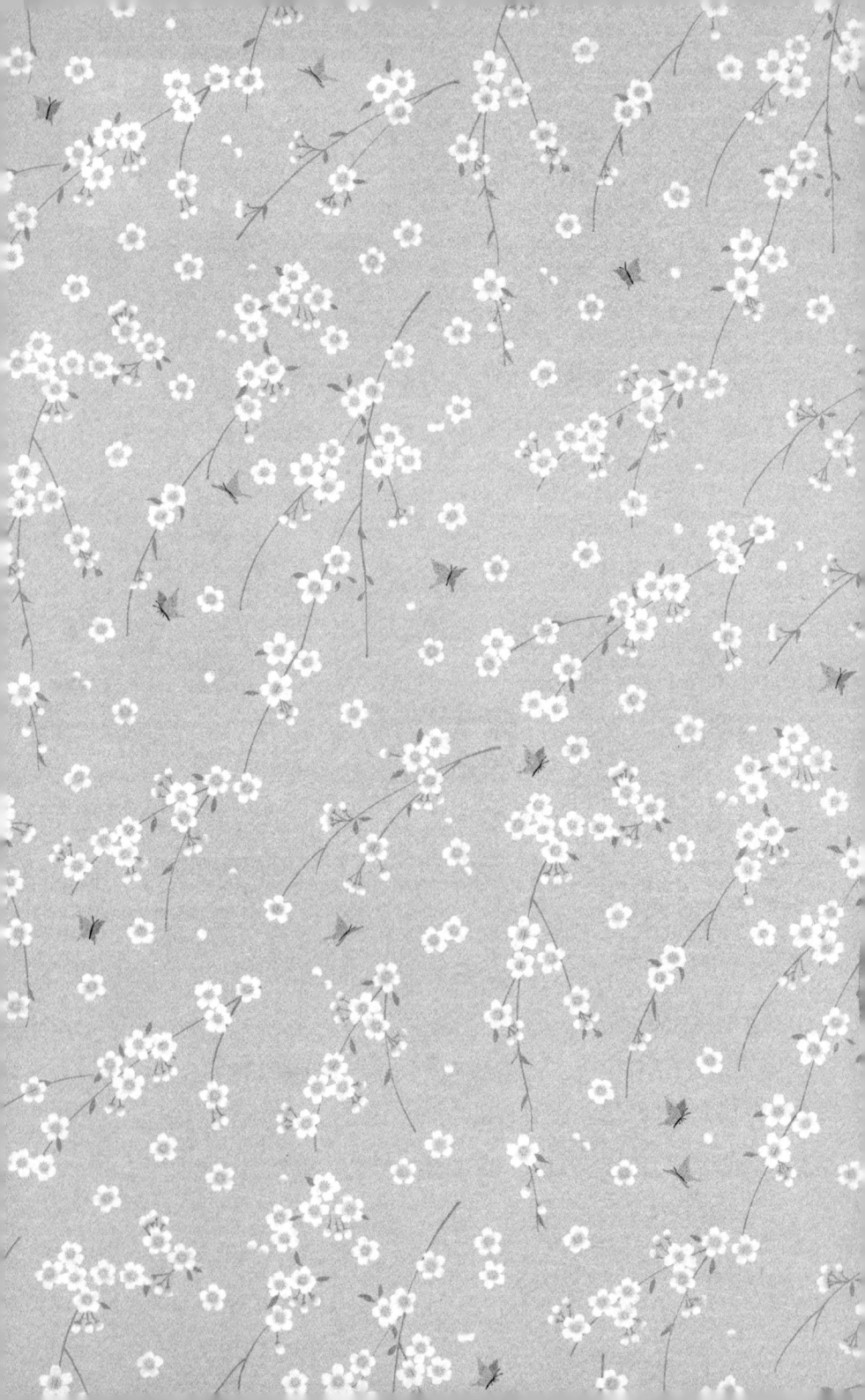

云水千重

FLORET
READING

靳山 著

贵州出版集团
贵州人民出版社

靳山　|　小花阅读签约作者

好寺庙文化，好酒文化。
祈祷梦无止境，文字无止境。

出版作品：《云水千重》

作者前言｜谁是风雪夜归人

　　小时候跟着外公外婆摇着蒲扇看花鼓戏，对《女驸马》的印象深刻。电脑的网易云歌单里仍有《女驸马》的插曲，偶尔还会翻出来听听，"为救李郎离家园，谁料皇榜中状元……我也曾赴过琼林宴，我也曾打马御街前……"特别喜欢这几句。

　　戏里面说的是女扮男装的冯素珍进京赶考，偶中状元，被皇帝强招为驸马，我自小记得这个情节。后来看的小说和电视剧多了，渐渐发现女扮男装实在算不上是个新鲜的梗，但是在《云水千重》这个故事里，我还是选择了这一元素——女扮男装的女主。

　　那是一个人命如草芥的年代，想要活下去，就得抛弃一切软弱的、怯懦的东西，把自己一层一层包裹起来，在外面形成一个坚硬的壳,才不至于被刺伤,被人一刀致命。

　　我想要写一个不输于男子的女子,她坚韧如蒲草,敢爱敢恨,从不吝啬喜欢,爱上便是爱上,一旦被背叛被抛弃,亦能从痛苦中抽身果断离去。

　　所有才有了楼毓这个角色。

　　她是当朝的少年丞相,也曾奔赴沙场率兵把侵略者打得落花流水,拉过大弓,在满天黄沙中飞驰,她有她要守护的东西,譬如母亲楼宁,譬如楼渊。

　　我一直在想,当楼毓的世界坍塌,楼宁离世,楼渊背弃她之后,她该如何活。一直以来苦苦支撑一个人的东西碎裂,分崩离析,那这个人是不是就会倒下去?

　　可她是楼毓,她是楼宁教大的孩子,在逆境中长大,受到百般磨砺,一步一步走到今天。无论何时何地,遭遇了什么,她总能想尽一切办法活下去。

　　所幸还有另一个人在等她。

　　这个故事中我自己最喜欢的一个角色,是楼毓的母亲——

楼宁。

在故事开始之前，准备人设和大纲的时候，我对于楼宁这个人就有种莫名的期待，跃跃欲试，搓手。

还有她与苏清让之间的爱情，他对待楼毓的态度，当时光脑补都觉得很过瘾。后来真正写她这条线的时候，算是比较顺利的。

这个稿子有诸多不完美的地方，各种小瑕疵，头一次尝试这种古代架空的题材，总会有许多不尽如人意的地方。我想起当初第一次上国画课的自己，精心备好了笔墨工具，铺好了宣纸，一笔一笔想要把心里的那块礁石勾勒出来，墨浓了，墨又淡了，下笔太重，手抖了一下……战战兢兢，总担心出问题。

但好在，最后这份答卷不算太糟，我完成了这个故事，女扮男装的楼相有了圆满的结局。

我也相信，这只是一个开始。

靳山
2017.6.12

小花阅读
—— 梦里花落系列

FLORET
READING

《云水千重》
  靳山 著

标签：风云江湖 VS 朝堂权谋 | 会撩会宠会护妻 | 女丞相 VS 诈死太子

"即便你扮成个男儿，你父亲也不要你。"
"即便你帮他、护他，他也不要你，还是要娶别人。"
"恨吗？"
"你若恨，今后便不要给任何人负你的机会。"

《大梦长歌》
糯米糍 著

标签：权谋朝堂 | 被喂毒的公主 VS 处心积虑的质子 | 相互撩相互利用

好，好得很。
既然无法逃离这囚禁她的燕王宫，无法逃离冯执涯的掌控——
那么，她便留在这深宫之中。
她要权势滔天，要万人敬仰。
她要凭自己的力量将冯执涯狠狠踩在脚下，将许故深狠狠踩在脚下！

《烟雨斋》
晚乔 九歌 著

标签：四件古物 VS 四段催人泪下的故事 | 神秘的烟雨斋主人 | 甜虐齐飞

他说："埋。"
不是要埋什么东西，而是他认为，地下埋了那一个人。
可惜，他挖了这么多年，等了这么多年，直到当年风度翩翩的许家二少变成了众人嘲笑的痴傻老头，直到他寂寂死去，也没等回来那个人。
"我找不到她，今日我葬了她的戏服，是她最喜欢的那件，当年她连这衣裳沾上了酒都不开心，更遑论现在沾满泥土。我等她来骂我。"

目录

YUNSHUI QIANCHONG

- 第一章 等闲变却故人心　001
- 第二章 昨夜星辰昨夜风　036
- 第三章 春风不度玉门关　092
- 第四章 玲珑骰子安红豆　139
- 第五章 满船清梦压星河　197
- 第六章 何当共剪西窗烛　226
- 番外一 金风玉露一相逢　255
- 番外二 想得山庄长夏里　276

第一章
◆ 等闲变却故人心

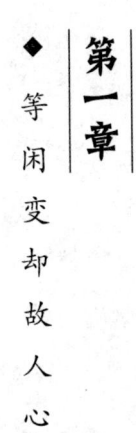

- 壹 -

近来到了梅雨季,南方洪涝多发的时节,楼渊本该很忙,楼毓却日日能在自己的丞相府里瞧见他。

楼毓觉得纳闷。

她坐在庭院里的一大丛翅果连翘旁,细碎的白花如团团云霞悬在头顶摇摇欲坠,木盅里两只蟋蟀正斗得激烈,搏命厮杀。

"黑将军,上——"楼毓拍腿,睁大眼睛看得起劲就喊了出来。

她再抬头时,万寿廊的拐角处显露一片墨色的衣角,有人踏风而来。

她笑望着来人,问:"阿七,怎么又有空来,你不忙吗?"

楼渊步步走近,拎来两坛子小酒,拔开木塞,绕过小石桌给楼毓满上一杯。

"我过来看看你。"

偌大的丞相府里,只有一个拿扫帚的老家仆从廊上经过,朝楼渊欠了欠身,又佝偻着背扫偏院去了。

花木深深,翠鸟停在树梢头吱吱叫,暖阳高照。

醇醇酒香扑鼻,楼毓伸出舌头舔了舔,道:"你不忙着愁抗洪救灾的事,过来看我?"

她狭长的眼角倏地往上一挑,立即警铃大作:"莫不是——你做了什么对不起我的事,心中有愧?"

说者无意,听者有心。

楼渊少年老成,冷峻的面容上恰到好处地镶嵌着一双冷清的眉眼,锋利得像一柄刚出鞘的剑,泛着莹润又慑人的光。他手持青瓷杯,喝了口酒，一个拢袖抬手的动作，把情绪遮掩得滴水不漏。

"怎么不说话，被我猜中了？"楼毓推开木盅，也不关心俩蟋蟀谁死谁活了，眼睛仔细盯着楼渊，想从他脸上看出一分端倪。

楼渊默不作声。

楼毓瞧了他一会儿，觉得没趣，问道："阿七，你可知你长大后，变得最讨人厌的一点是什么吗？"

楼渊眼潭无波无澜。

楼毓两只魔爪袭上对方白玉脸庞，往旁边一扯，强行扬起一个笑弧："便是像现在这样，将心思藏得深，连我竟也不知道你在想些什么……"

"一点也不讨喜了。"

楼毓常年习武，手握刀枪，指腹结了一层茧子，带来粗粝又微凉的触感。

楼渊拂开她的手："我自幼便是如此不讨喜。"

"非也。"楼毓摇头，"你自幼便是个温良如玉的小公子，长大后是个清朗俊俏的七公子，我可一直喜欢得紧。楼府上下那些人，欺你幼时羸弱，伶仃无依，当初亏待于你，那是他们眼瞎。"

杯中酒喝得不尽兴,她端起坛子,猛灌了一口:"也就只有我楼毓,火眼金睛,识得良人。"

"阿毓,你如此放浪形骸,就不怕落人话柄吗?"

楼毓大笑出声,一拂袖,双脚笔直搭上石桌,没个正形:"在这相府里,我是相爷,除了俩丫鬟、一老仆、一花匠、一厨子,就只剩些花花草草虫鱼鸟兽,它们还能去皇帝面前参我一本不成?"

楼渊道:"你活得太恣意了。"

他今日带过来的是琼液酒楼新推出的醉仙酿,后劲极大。楼毓囫囵吞咽了一坛,再被和煦的风一吹,额头重重磕在他肩膀,醉醺醺道:"阿七,是你活得太压抑了——"

楼渊心下一窒。

盅内的两只蟋蟀已经偃旗息鼓,两败俱伤,双双被咬死。

天刚入夜。

楼毓再醒来时,发现自己和衣躺在屋内的榻上。

两旁的窗轩敞开,淅淅沥沥的斜雨飘进来,滋润着两盆鹿衔草。五月正是开花的季节,白瓣黄蕊,热热闹闹地拥挤在直直的茎秆上,被打湿的翠绿叶片反射出粼粼的冷光。

她呆呆望着某一处，不知在想什么，坐了会儿醒神，才张口叫道："人呢？人都哪儿去了？"又清了清嗓子，"大喵……小喵……快来伺候你们相爷宽衣就寝了……"

一阵仓促的脚步声响起，两个丫鬟端着热水赶过来："来了来了，爷，您酒还未醒，若头晕就先躺着，别乱动。"

这相府上仅有的两个婢女，是一对双生子，姐妹俩长得如花似玉，清秀温婉。独独名字有些难听，大的叫大喵，小的叫小喵。

楼毓当初一听就乐了："有哪个不长心的爹娘会给自己的小娇娃取这等小猫小狗的名字？"

大喵、小喵却说："我们爹爹说了，贱名好命。"

可见她们还挺满意这名字，楼毓也就随她们去了。

大喵拧干热气腾腾的帕子，给楼毓擦了擦手，道："爷，还不能就寝，宫里紫容苑的冕公公捎来了口信，说宁夫人邀您去一趟。您拾掇拾掇，赶紧进宫吧。"

楼毓揉了揉眉心，心下反感，并不答应，反问"楼渊何时走的？"

小喵细细说来："您晌午喝醉了，在院子里就走不动路，七公子陪您坐了许久。转眼就到申时，楼府前来寻人，七公子把您抱回屋就随他们走了，现在已经快戌时了……"

思量最近楼渊身上种种不寻常的迹象，楼毓自言自语："最近可真怪，平日为家国民生忙得死去活来的七公子近来总往我府上跑，吃错药了不成？"

大喵掩嘴笑道："京都幕良谁人不知，七公子与相爷您打小待在一处长大的，兄弟情深，他自然来相府来得频繁些……"

楼毓玩味似的揣摩那四字，似笑非笑。

——兄弟情深吗？

"爷，您不打算进宫了吗？"大喵见楼毓迟迟没有动静，紧张地询问。

楼毓懒洋洋地靠在榻上："你差个人去回复宁夫人，就说外边雨大，相爷不想湿了鞋面。"

大喵笔直跪下，劝道："可……可宁夫人好歹是您的生母，您此番作为，传出去了，会被那些爱嚼舌根的文人所耻笑的。"

"那便由他们笑去吧，爷从来不要什么清名。"

两个丫鬟再要劝，齐刷刷跪在榻前。

楼毓闭目小憩，只当什么也不曾看见，不曾听见。

又恢复了一室的寂静,窗外雨滴敲打瓦砾的声响越发清越动听,如大珠小珠落玉盘。

半炷香的时间过去,楼毓伸了个懒腰坐起,诧异地望向两婢:"你们怎么还跪在这儿?"

两婢心中叫苦不迭,主子不叫起,她们便只能跪着。

大喵不知自己何处得罪于她。

这位年轻的相爷,虽不太讲究规矩,却也并不似表面那样面善和易相处。

南詹建国三百余年,楼毓是最年轻的丞相。

楼毓是上过战场、杀过敌的。叶岐来犯时,铁骑长枪,她于鹅毛大雪中横扫千军,把侵略者赶至氓水之滨。那些让人听了热血沸腾的英勇事迹,如今还在市井之中流传。惊堂木一拍,还是说书人口中的佳话。

氓山一役,楼毓大胜而归。

再加上她那位倾国倾城的生母宁夫人,在皇帝身旁吹一吹枕边风,楼毓便由此封了相,赐了府邸。

可她脾性怪,让人摸不透,府中没人,也不爱和世家弟子结交。

两婢贴身伺候,除了楼府的七公子楼渊,从不曾见相爷与谁亲近过。

今儿就更怪,明明白天七公子来过,相爷心情应该不错才对,却料想错了。大喵、小喵头垂得更低。

"都起来吧,爷要进宫了。"

楼毓手指拂上半边冰冷的铁面具,自个儿站起来对着面铜镜整了整衣衫,拿起墙角的竹骨伞出门。

她独自一人沿着青篱巷往外走,长长的街道,夜雨里两旁烛火不熄。茶楼酒肆里隐约传出众人的谈笑,琴瑟声飘荡而出。

不紧不慢不知道走了多久,到了南坊街的尽头,便是厚重的宫门。

楼毓还未向守门的将士亮出腰牌,对方便已认出她。在京都幕良,那半边铁面具便是最好的身份证明。

他们恭恭敬敬地行礼,替她开门。

"相爷慢走。"

楼毓步调放慢,越靠近楼宁居住的紫容苑,便越慢。

在前院游廊上徘徊的刘冕看见她的身影,着急地小跑过来:"哎哟,我的相爷,您怎么才来?夫人都等您半晌了。"

楼毓道:"深夜进入后宫,不符合规矩,爷当然得好好思量,来还是不来。"

刘冕面上赔着假笑,却不敢揭穿她。

宫里无人不知,宁夫人极得孝熙帝宠爱,宁夫人说住在宫中不习惯,时不时挂念"儿子",一早央求着皇帝给了楼毓特权,准许她随时入宫。

说起楼毓的生母楼宁,也是南詹国的一位传奇人物。

她本是第一世家楼家的养女,虽然没有血统上的尊贵,但好歹也占着楼府三小姐的名分。当年世家间联姻,楼宁被家中长辈安排远嫁临广苏家,做了苏清让的妻,生下楼毓。后来却被苏家抛弃,母女俩在民间流浪了五年,楼宁才带着楼毓复又投奔娘家,回到京都幕良。

原本这妇人一辈子也就该如此耗尽了,可谁叫她生了一张祸国妖民的脸,被孝熙帝一眼相中。

孝熙帝约莫从未见过楼宁那样的美人,一旦见过,便寤寐思服,辗转反侧,难以放下。

也不管美人已经嫁过人，美人的"儿子"都会耍长枪了，硬是一顶花轿把美人抬进了后宫。

楼宁二嫁进宫时，楼毓说："娘，若您不愿进宫……"

楼宁巧笑倩兮："若我不愿意，你待如何？"

楼毓放下长枪，在她膝前跪下，额头点地："若您不愿意，孩儿万死，也保您周全。"

清脆动人的笑声在凄厉的秋风中如烛火被吹熄，像临广乡笛荒芜的腔调。

"万死吗？"楼宁喃喃，头一次温柔了神色，掌心抚上她的发顶，"可我的毓儿，你只有一条命啊。"

楼毓心中一紧，双手握成了拳头。

"相爷……相爷……"刘冕打断楼毓的回忆，"您赶快随着小婢子走吧。"

楼毓跟在两个宫女身后，走过曲曲折折的小道，楼宁的寝宫就在眼前。

两侧的月见草在微风夜雨中凋零，绵长悠扬的小调从前方飘来，楼毓停住脚步，驻足仔细听了听。

"相爷怎么了？"宫女回过身询问。

楼毓长身而立，撑伞站在雨中，翩翩的月白广袖被吹翻淋湿，她问："这是什么声音？"

"是宁夫人在唱歌。"

"她平素也这么唱吗？"

她竟然在深宫之中，肆无忌惮地哼着临广的民谣。是兴之所至，还是怀念故人？倘若有心人恶意揣测，免不了又会惹来一身麻烦。

楼毓走得越近，那歌声越清晰，搅浑着天青色的朦胧夜雨和白茫茫的薄雾。潺潺流水般平常的曲子，却透着道不清的妩媚和凄婉，无端听得人心头发堵。

楼毓顺着那扇窗望过去，看见了倚在窗边的楼宁。

她穿着件红艳的单襦，是雨雾天灰蒙蒙景色中的一抹亮丽，秀发未绾，如长瀑泻下，披在肩头，长及脚踝。一颦一蹙，都是风情，浩荡的天与地都沦为了她的背景。

当真像存世的妖精。

楼毓踏进寝殿，跪下行礼："拜见母亲。"

楼宁屏退了左右的宫人，侧卧在贵妃榻上，招呼着楼毓上前：

"过来。"

灯烛照亮楼毓湿答答的衣摆,她每往前走一步,就留下一个漆黑的脚印。楼宁见此笑话道:"你这么大人了,撑着伞还能把自个儿淋成这样……"

纤长无骨的手指抚摸上楼毓苍白的唇角。

"毓儿,把面具摘了,让娘好好看看你。"

楼毓双手一滞,顺从又缓慢地摘掉半边铁面具,不过一瞬,便迎来响亮的一巴掌。

"啪!"

狠狠的一声脆响。

楼毓的脸被打偏,左边脸颊高高肿起,口中尝到了血腥味。

"怎么这么不长记性,我是怎么教你的?"

楼毓屈辱地低下头,压抑住情绪,复述道:"无论何时,无论何地,无论面前是何人,皆不可摘下面具。"

"这次可记住了?"楼宁问。

"记住了。"楼毓咬牙道。

"不要信从任何人,不要依靠任何人,除了你自己。"

"哪怕是娘……也不可以吗?"

"不可以。"

楼毓闭上双眼,再睁开时眸中已无波澜:"是,孩儿谨记。"

楼宁两指捏住她的下巴,拿着烛台凑近,明晃的火光灼热无比,似下一刻,就要将人的眼珠子焚烧掉。

"你这张脸,像极了我,倘若不戴着半张面具遮一遮,女扮男装骗得过谁?谁会信你是个男子?"

"不过,可惜了——"楼宁雪白的容颜上,梅花绽放般盛开出一点妖冶的笑,"即便我帮你扮成个男儿,你父亲也不要你,你还得跟着我姓楼。"

楼毓眼中瞬息充血,通红一片,好似被摇曳的火光逼出了泪。她匍匐在榻沿上,久久不曾动弹。

"恨吗?"楼宁问。

"你若恨,今后便不要给任何人负你的机会。"

那扇梨花木门紧紧合上,楼毓呼吸到外面冷清的空气,如同劫后余生。

她逃似的走了,甚至一个踉跄,差点左腿绊住右腿摔了一跤。

楼毓每一次从紫容苑出来，都如此狼狈。她牵挂楼宁，却又怕见到楼宁。这个生她养她的女人，美丽而危险，时常会让楼毓感到胆战心惊。

楼毓本能地想要靠近她，却又每一次被逼得不得不逃开。

小宫女在身后追："相爷，相爷，您的伞忘了拿……"

楼毓接过竹骨伞，身后又响起熟悉的乡音，楼宁在唱："二十年风华岁月招摇过，到头来，朝朝暮暮思郎君。金风玉露一相逢，不解相思意……"

漫天大雨，那歌声渗透在每一滴雨中，敲打在心坎上，仿佛要让人把心也全陷进去。

头顶灰茫，云海翻滚万里。

- 贰 -

楼毓跌跌撞撞走了一路，到后来，竟在深宫里迷失了方向，不知走到了哪一处园子。

斜前方走来几个嬷嬷，楼毓正准备问一问路，却听见她们细细碎碎聊着天："这些天咱们可有的忙了，秀贵人要亲手帮二小姐置办嫁妆，好大场面……"

"可不是，你也不看看二小姐嫁的是谁，幕良楼家七公子。百年世家，名望并不输给帝王家……"

几人聊得兴起，一道声音斜插进来。

"敢问一声，你家二小姐要嫁的是谁？"楼毓突然冒出来，吓得嬷嬷们一颤，她面上森冷的半边面具，在寥寥夜火中更加显得有几分骇人。

"参见相爷。"

这几个老嬷嬷是庄绣夫人入宫时自娘家带来的家仆，她们口中的二小姐，便是庄绣夫人的妹妹，当朝太傅家的二女儿。

"莫非要我问第二遍？"见几人不答话，楼毓阴恻恻地问。

老嬷嬷一哆嗦，悉数交代了清楚："二小姐要嫁的，是楼府的七公子，楼渊。"

几人只见面前白影一闪，如同鬼魅飘过，眨眼间丞相大人已经不见了踪影。

原来如此。

原来如此！

楼毓弃了竹骨伞，朝着楼府飞奔而去的路上，想起楼渊近日来的种种异常行为，还有楼宁今日突然召她进宫，恐怕也是早就知晓了楼渊要娶亲的事。

"你若恨，今后便不要给任何人负你的机会。"楼毓想，楼宁口中所说的，原来是这个意思。

她飞檐走壁，后来又不知在马厩里顺手牵走了谁家的马，狂奔而去。

赶到楼府，只花了片刻工夫。

楼毓从马上飞身而下，浑身湿透，满载煞气而来："叫楼渊给我滚出来！"

家仆吓得赶紧去通报，楼毓却是一秒也等不及了，自己朝院内走去。她曾在这楼府生活过十余年，对里面的一草一木都再清楚不过，径直朝东南角方向的偏殿而去。

楼府的占地面积极广，曾两度扩建，仅次于皇宫。这一路，却被悬挂在廊檐下的大红灯笼和绸缎刺痛了双眼。

七公子与太傅之女婚事在即，楼府已经在布置了。

事情瞒得这样紧，还是——只有她一人被蒙在鼓里？

楼毓一脚把门踹开时，楼渊正俯首在桌案看书。

屋内的镂空青铜香炉中燃着安神的息和香，缕缕白烟冉冉升起，烛火昏沉，他似是在打瞌睡，被她的动静惊扰，才醒了神。

他偏头望过来，一怔。

楼毓气极反笑，终于见到这人时，心中的戾气反倒被压了下来，她环顾四周，挑唇一笑："外面布置得起劲，七公子的新房怎么还如此素雅？"

她一步一步走向楼渊，伪装的神情一点一点剥落。

"楼渊，你要结婚了，我竟是最后知道的那个……对你来说，楼毓算是什么？"

"我的知己，与我相伴多年的……兄弟。"

"哦？兄弟？"桌案上的书被楼毓扫落，茶盏被打翻，她抬脚不羁地坐了上去，活脱脱一个纨绔子弟的模样。

衣带一扯，登时衣袍散开，外衫自肩上滑落。

她握住楼渊的手，朝自己被白绸紧缚的胸脯探去，微笑道："你明知道我是女……"

楼毓话还未说完，就被楼渊一把捂住了嘴。隔墙有耳。

楼毓把衣服一锁，一瞬间裹好，却不知从哪里掏出了一把匕首，趁机朝楼渊脖间划去。

楼毓最擅长枪，用得最顺手的，却是这柄匕首，乃是十五年前师父送予她的第一件生日礼物，从未离过身。

"阿毓，你——"

楼渊防不胜防，即刻反应过来，两人交手缠斗在一起，差点把屋顶掀翻。

楼渊心底却想，倘若把屋顶掀了，就能让楼毓接受此事，也未尝不可。但依楼毓的脾性，恐怕没那么简单。

他们从楼渊的故戎斋打出来，毁了一座假山、半块花地，把楼家上上下下都吵醒了。楼家的家主大发雷霆，可却也有所顾忌，思及今时今日楼毓的地位和她身后的宁夫人，没敢出动家兵把楼毓抓起来。

雨势于不知不觉中变大，天空惊雷炸响，一道紫色的闪电，斜劈下来。

连绵的雨瀑中，众人只见一黑一白两个身影模糊成了一团，出了楼府。

"渊儿婚事在即，会不会出什么事？"不知哪房夫人焦急地问了一句。

"楼毓那狼崽子谁都敢咬,却舍不得真伤了老七,别忘了,他们是一起长大的。"

竹林耸立,苍翠欲滴的绿意。

楼毓快要被雨糊了眼睛,她有些看不清眼前的人,只一个不慎,落了下风,她被楼渊制住。

"闹够了没有?"他把人压在一根青竹上,青竹不堪重负,狠狠折腰弯下。

楼毓胸口剧烈起伏着,气息不稳,再次趁楼渊未防备,一个翻身反压住他。

匕首抵在楼渊颈上,楼毓一字一顿,逼迫道:"说——楼渊与楼毓,今生今世不做兄弟,只做夫妻。"

她的声音带着狠意。

十五年前,初入楼府,她便是靠这股狠劲在这个百年世家中存活下来,护着楼渊活下来。那些远去的记忆,伴着倾盆大雨,在这一夜呼啸而来。

——"喂,我叫楼毓,你姓甚名谁?"

——"你哭什么,他们欺负你,你揍回去不就得了。"

——"以后你跟着我吧,我罩你呀,给你买糖葫芦和风筝。"

——"这楼府可真无趣,我总有一天是要走的,阿七,到时候,你跟我走吗?"

阿七,你跟我走吗?

楼渊合上眼睛,头枕万千落叶,万物在眼中变成一片混沌。

"楼渊与楼毓,今生今世,不做兄弟……"

后面还有半句,他迟迟没有说出口。

匕首在他颈间割出血痕,楼毓厉声道:"怎么不说了?怎么,我配不上你吗?你嫌我不如庄二小姐漂亮,不如她贤良淑德?你嫌我粗鄙,嫌我肆无忌惮、行事荒唐?"越说到后面,她的声音越急,"可我不如此,如何拿长枪,如何上战场,如何护得住自己?如何活下去?"

两人在地上滚了一身泥,不知僵持了多久。

久到楼毓双臂发麻,心中那一丝希冀如隔夜的茶凉透,她说:"我问你最后一遍,楼渊,你当真要娶他人为妻?"

良久,楼渊点头:"是。"

"可有苦衷？"

"没有。"

"这话出自真心？"

"出自真心。"

"如此也好，"伏在他身上的楼毓慢慢直起身，方才那一架，似把浑身力气都使完了，她扶着旁边的竹子才站了起来，"如此也好，你既负我，我又有什么好舍不得。我也不是非你不可的。"

她呢喃自语，恍惚间收回了匕首，却猛地割断自己的一截衣袍。

"你我之间，便如同此帛一刀两断，各不相干。你还是楼府名动天下的七公子，我还是那个臭名昭著、心狠手辣的相爷。"

她在衣襟内费劲地掏了掏，掏出一对小巧玲珑的陶俑，放到楼渊手上："这是你送的小玩意儿，还给你。"再摸摸头上束发的古朴木簪，用了多年，上面雕刻的忍冬花纹已经模糊不清，"你亲手刻的簪子，还你。"又将坠在宫绦上的青龙玉佩，摘下来，"还你。"

竹林深处风雨飘摇，风声席卷凄凄历历。楼毓朝外走去，走出十来米远，想起什么，停住了步子，弯腰脱下一双布鞋。

才穿了三日。

三日前，楼府新招入一批丫鬟，其中有个手艺了得，据说她纳的鞋底比寻常鞋子要柔软舒适百倍，楼渊命她按照楼毓的尺码彻夜不歇给赶出来一双。

楼毓收到时宝贝得不行，这一刻，却把布鞋狠狠朝楼渊掷去："全他娘的通通还你！"

这便叫，弃之如敝屣。

楼毓赤脚踩着腐烂的竹叶往前走，飘摇的风雨中，这位年轻的相爷单薄的背影好像一叶浮萍，渐渐在滂沱的大雨中隐去踪迹。楼渊忽而心中大痛，喊道："阿毓——"

楼毓回头，却并未看他。

"今后我是男是女，是人是鬼，都与你无关了。"

琼液楼打烊之前来了一位不速之客。

店小二哭丧着一张脸，又搬了两坛子酒过去，心想这位爷今晚是不是打算赖在这里不走了。可人家不走，他还真不敢赶人。

楼毓趴在桌上，猛捶了一下桌面："酒呢？"

店小二浑身一哆嗦，强颜欢笑："来喽，客官——"

管事的掀开布帘，望了一眼喝得烂醉如泥的楼毓，招来店小二嘱咐道："那是位贵客，若他今晚不走了，就由他留在这里，也别问他要钱。"

店小二嘀嘀咕咕:"相爷难道就能吃霸王餐了?"

琼液楼的管事摆摆手:"是恶霸也是可怜人,还是英雄,你刚来不知道……他来咱们琼液楼吃饭喝酒从来不用给钱。"

店小二不解:"这是为何?"

"老掌柜吩咐下来的,两年前琼液楼刚开张不久,请来唱戏的翠翠被宫中秀夫人的胞弟调戏了,当场要抢了人回去做第十七房小妾,是相爷把人拦住了……当场那么多达官贵人、世家子弟,个个无动于衷,只有这个相爷肯出手。老掌柜说,相爷虽然名声一般,却有侠义之心,和这样的人结交再好不过,日后便不收他酒钱了。"

"竟是如此。"店小二看向一楼大堂中形单影只坐着的那人,油然生出几分敬意,又觉得那身影过于萧索。

不知又过了多久,这尊大神终于起身,出了酒楼。

外面的瓢泼大雨停了,月亮从云层后露了脸。

夜市差不多都已经关闭,大街上冷清下来,只剩檐下高高挂起的灯笼里还亮着几盏将熄未熄的烛火。

楼毓走起路来跌跌撞撞,还不小心撞到一个人。

她敏感地闻到那人衣襟上的一阵药香,只是一瞬,气味忽又消散,仿佛只是她的错觉。

"抱歉抱歉。"楼毓抱拳,没多大诚意地道了歉,对方很快与她错开。楼毓没有察觉到,那人影在身后即刻消失得无影无踪。

她一人飞奔起来,经过楼府的府邸,她风一般地掠过,消失于无尽的夜色中。

她停下来的地方是一片断崖。

这地方在城郊,隐藏在秀色的风景当中,重重古树之后,有一块巨大的岩石,陡立在崖边。

岩石上站着一个老翁,穿蓑衣,戴斗笠,留着一撮花白胡子。

楼毓看见他大笑:"师父,今夜咱们来过招,您可千万别手下留情!"

衿尘年道:"几日不见,让为师试一试你可有长进!"

师徒两人见面,还未来得及说上几句话,已经开始过招。冷峭的白色月光下,楼毓喝醉酒后乱出拳头,毫无章法,很快中了衿尘年两掌。

衿尘年是楼毓还在临广民间流浪时,机缘巧合下认的师父。

临广那地方偏远,多能人异士,许多江湖人爱在那一带闯荡。初见衿尘年,他戴着一顶破烂草帽窝在一处巷口,衣衫褴褛,看上去境遇十分凄惨。楼毓自己也是半个小乞丐,刚要来两个馒头,她过去分给了他一个。

这其实算不得好心,因为馒头味道一般,楼毓实则很嫌弃。

倘若剩下的那个不给衿尘年,她便会喂给路边的小猫小狗,反正绝不会再委屈自己吃下去。结果这个无心之举,却让她结识了衿尘年。这老头非要让她拜他为师。

慢慢接触多了楼毓才发现,自己没亏。衿尘年神出鬼没,一身好武功,绝不是个乞丐那么简单。他曾刺穿她胸口肋骨,让她知道何为椎心之痛,却又倾其所有,渡给她半身修为,传给她一身绝学。

让楼毓在残酷的环境中最快地成长起来的有两个人:一个是她的生母楼宁,另一个便是衿尘年。

"你今日出招又快又狠,果然长进了不少……"

即便中了衿尘年两招,楼毓落于下风,却还能与他缠斗一时片刻,让衿尘年大感欣慰。

楼毓并不清醒,其实晕得很,那么多坛酒灌下去,如今还能站稳全靠强大的意志力支撑。她一通乱打,树影人影刀光剑影,脚步不稳,口中大吼:"啊——"

衿尘年收了手中的竹杖:"乖徒弟,你疯了?"

楼毓大笑,寂静的山野中空余她的笑声回荡:"我很快活!"

她躺倒在地上,楼渊的影子在面前挥之不去,她便抬手遮住自己的眼睛,那笑容浮夸又哀戚:"师父,我很快活,从今往后,我便真的是一个人了。"

- 叁 -

翌日是个大晴天。

楼毓醒来时头痛欲裂,她坐在床上发蒙时,迎来了一道赐婚圣旨。

她当时并不清醒,只听清楚了个大概。那圣旨的大意是说,当朝丞相年轻有为,是个出色的好儿郎,却还没有娶亲,皇帝便替丞相寻了一门好亲事。

楼毓稀里糊涂领了旨,而后问身旁的大喵:"刚刚那位尖嗓子公公说让我娶亲?"

"是。"

"娶的是谁？"

大喵见楼毓一脸茫然，心道这位爷也太糊涂了，回道："是李巡抚家的长女。"

楼毓想了想，说道："李家的小姐我一面也没见过，为何要娶她？"

大喵、小喵见楼毓脸上神色不对，赶紧劝道："爷，这是天子赐婚，您可不能反悔！"

"你们急什么，我又没说不娶。"楼毓掂了掂手中的明黄圣旨，"我只是觉得有些好奇，我日子过得好好的，怎么会突然得来一门亲事……"

次日上朝时，楼毓便得到了答案。

同僚们纷纷向她拱手祝贺："相爷与楼七公子是至交，五月初十同日大婚，真是有缘分，可喜可贺……"

楼渊在朝中任太子少傅一职，却因七公子的名号响彻天下，大多同僚唤他为"楼七大人"或是"楼七公子"。这会儿打趣也是，某个官员道："楼七公子来了，我等就不打扰了，相爷还能同他一起商量商量婚事……"

楼毓隐藏在半张面具下的脸一冷,目光中,穿着一身官服的楼渊已经自白玉阶走下,渐渐靠近。

楼毓惊讶于自己内心的平静,两人并肩走在朱红色的宫墙下,从小玩在一起培养出的默契,连步调都是相同的,不紧不慢。

宫墙里头飘来馥郁的花香,传出女子嬉笑打闹扑蝶的声音,两个花花绿绿的风筝在半空中晃晃悠悠,差点打架,线缠在一起。

"李巡抚家的女儿……很好。"楼渊忽然来了一句。

"哦?"楼毓目视前方,似听到了什么很好笑的笑话,勾了勾唇,"你见过?"

"曾见过一两面。"楼渊竟和她说起了别家女子,"模样周正,知书达理。"

"既然如此好,想必七公子也中意得很。"楼毓散漫道,"不如我再向皇帝求一道旨,让他收回成命,把李家女赐给你好了。"

楼渊被楼毓哽得一噎,像以往那般在她犯错时呵责:"阿毓,你莫要胡闹。"

话一出口,两人都愣住,他们可是前几日才撕破了脸的。

楼渊声音沉闷："你莫闹了，李家的小姐我替你瞧过了，是你结婚的不二人选。"

楼毓发怒前毫无征兆，只是漆黑的眼瞳中风雨欲来，透着凉意，恨不得在楼渊墨色金边的官服上盯出一个大洞："你替我瞧过？！你替我物色的？！七公子这是操的哪门子的闲心啊？！"

毫不客气的一连三问，把楼渊也惹恼了，四下无人，他也压低了声音"皇帝前些时候便想给你赐婚，由他乱挑，倒不如我举荐……李巡抚是我这边的人，你娶了他女儿，也不会露馅……"

"我一个女子，娶另一个女子，洞房花烛夜，若当真要与她圆房，"楼毓荒诞地笑了两声，"如何能不露馅？"

她目光戏谑地在楼渊脸上流连，说出口的话粗俗又露骨："莫非七公子想替我做新郎？可五月初十那日，你自己也娶了一房，同时要应对两位新夫人，我担心你招架不来啊。"

"你……"

"我怎么？"

"你只需把李家小姐抬入府中，她自会安分守本。日后你便是有家室的人了，也无人再会拿娶亲这事扰你。"

"这么说来，我反倒要谢谢你？"

楼渊苦笑:"你何必如此咄咄逼人,这件事的初衷,是为你好。"

"我平生最恨别人打着为我好的幌子,却安排些让我糟心的破烂事。"楼毓躬身施一礼,疏离又客气,"七公子,这是最后一次,日后再发生这等事,楼毓恐怕不会再领情了。"

她只觉得讽刺至极,她倾心爱慕之人,替她物色了一门亲事,滑天下之大稽。

楼府和丞相府位于截然相反的两个方向,他们出了宫之后,大路朝天,各走一边,立马分道扬镳。

前来接楼渊的马车早已在宫门口的石狮子旁候着,他却没有上马,一路走回了府邸。照常用了午膳,下午去书房处理公事。

途中经过荷花池,清澈的水,盛放的花,芬芳盈满袖。

书房的窗敞开,正对着荷花池。

七公子第一次对着满塘的碧叶出神,他这个人拘谨惯了,连发个呆,也坐得端端正正,一丝不苟,样子似崖间傲立的青松。

面前摊开了折子,狼毫尖上蘸了墨,微风往里一送,他却像尊石头雕刻的菩萨,眉目都不见动静。

楼渊幼时便如此闷。

他这么闷，当时连欺负他的几个孩子都嫌无趣，一脚朝他踢过去，竟得不来半点反应，着实无趣，叫人郁闷。

楼渊在楼府的一群孩子中排行老七，上头有三个哥哥三个姐姐，后面还有好几个弟弟妹妹。他自小便是长得最好的那个，粉雕玉琢，活生生一个小仙童。但偏偏生母只是个唱戏的优伶，跟楼家家主一夜风流，便怀上了楼渊。

母子在楼府的境遇可想而知。

初见楼毓那天，五岁的楼渊正在受罚。

盛夏时节，火红的日头当空照，庄稼地都干得要裂开，槐树上的夏蝉聒噪地叫唤着，他因受老夫子刁难，站在大太阳底下罚站，垂在身侧的手心被戒尺打过之后，高高肿起。

不远处忽然传来喧哗，楼渊顺着声源望过去，被阳光刺痛了眼睛。

他率先看见的是一个堪称倾国倾城的貌美妇人，能将灰色的素衫穿出霓裳羽衣的韵味。那是楼渊迄今为止，见过的容颜最令人惊艳的女子，不消几日后，楼渊便知晓了她的名字——楼宁。

第二眼，楼渊看到了貌美妇人身边戴半边面具的孩童。她手中拿着一根被晒蔫了的稻草，走一步，晃两下穗子。

楼渊眼珠子盯着那穗子，觉得更晕了。

不过一盏茶的时间，嫁出去的楼家三小姐带着五岁大的"儿子"被赶出夫家大门，只得重新回娘家的消息四下传开了。

楼家家主气得摔了镶金的碗。

一大家子人用晚膳时，楼渊和楼宁、楼毓同桌，位置相邻，同是被家族嫌弃的一伙人。

楼渊也听说了，楼宁只是楼家的养女。嫁出去的女儿泼出去的水，更遑论嫁出去的养女，那必定只能被比作一盆淘米水了。

楼渊因为双手肿得厉害，连握住筷子的动作也做得艰难，手抖得厉害。

他的袖子挨着旁边的孩子，靠得太近了，随即反应过来，往自己这边收了收，筷子上的丸子便掉下来，在桌上滚了两圈。

嬉笑声涌来，楼渊把头埋得更低。身旁的人却站起来，用一根筷子狠狠地插盘里的丸子，一个接一个，然后那根筷子伸到楼渊眼前，就像一串糖葫芦。

"喏，全给你了。"她说。

楼渊抬头，木讷地接过。他看见铁面具遮住了鼻梁以上的半张脸，剩下半张，露出消瘦的下巴，单薄的唇。

站在一旁候着的家仆面面相觑，楼家怎么出了这么没教养的。

楼家家主也皱起了眉。

当晚，楼渊和戴面具的孩子一同被关入了柴房。

"喂，我叫楼毓，你姓甚名谁？"

他那天穿着一身白色的长褂，很长，很大，是大人的旧衣，拖在地上还有些脏。脸被墨黑的头发遮住了大半，他透过发间的缝隙，去看楼毓的脸。

两个人站在小小的柴房里，同样的狼狈，只是一个懦弱、一个无畏。

"楼渊。"楼渊细弱蚊蚋的声音响起，"你是我妹妹？"

"错了，是弟弟。"楼毓纠正。

她牵住楼渊的手，七月天里冰凉的温度，两人均是满手的茧子，何其相似。

楼渊的掌心依旧火辣辣作痛，他不知道的是，他此后的人生会因为面前这个孩童发生翻天覆地的变化。

母亲给他生命，楼毓却教会他如何生存。

那些脆弱的不甘的东西，日后被深深埋进地底，不再显露于人前。他脱胎换骨，在楼府活了下来，最后成了名动天下的七公子，成为楼家最有可能的下一任继承人。

他与楼毓一起长大的年岁里，她付出真心，毫无保留，主动告知他自己女子的身份。

他们虽然并未定情，许下一生一世的承诺，但在楼毓眼中，也担得起"两情相悦"四字。

如今，他却要娶亲了，她亦有了婚约。

楼渊静静望着荷花池，问自己，日后可会后悔。

长风呼啸，无人告知他答案。

只是以楼毓那样爱憎分明的性子，此番过后，他与她二人之间恐怕再无可能了。

一想到这里，楼渊平静的脸上终于出现一丝裂缝，如同沉寂的湖面被风吹皱。

一直跟在身边的家仆来报："公子，李家的小姐听闻要嫁的是相爷,不太愿意,正在府里闹呢,忙着要投井。您……您也知道,相爷名声不太好,又常年戴着个吓人的面具,李家小姐估计是听信了市井中的流言,对相爷心存畏惧,故不敢嫁过去,说宁愿死了……"

淡而幽凉的目光,投注于眼前的一幅水墨丹青上,楼渊提笔,轻描淡写道:"那便别拦着了,耽搁她上路。"

简单的几个字,叫人生寒,家仆一抖:"那……那她与相爷的婚事?"

"李家的小姐,不止一个。"

他的意思,家仆懂了。李家的小姐,久居深闺,外人是没见过的,随便拉一个来顶替,也未有什么不可。

现下,李家小姐怕是不再闹着投井,也得真投了。

家仆领了命小心翼翼退下,不敢再多瞄一眼桌前的翩翩公子,风华绝代,却看不出喜怒哀乐,形如假人一般。

第二章 ◆ 昨夜星辰昨夜风

- 壹 -

五月初十，大吉之日，宜嫁娶。

偌大的相府中没有半点喜庆的味道，昨夜下过雨的庭院里，青石砖泛着水光。檐前古树参天，掩藏在树后的正屋像深山中的古刹。

楼毓一大早被大喵、小喵叫起来，沐浴更衣，穿上崭新的大红喜袍，骑着高头大马去迎亲。

一路上，长街两旁偶尔响起鞭炮，还有她身后迎亲队伍中敲锣打鼓的声音，犹如一记重锤，提醒着她今天是什么日子。

街的另一头，遥遥传来震天撼地的动静。

楼毓问大喵："那是什么声音？"

大喵说："爷难道忘了，今天也是七公子的大喜日子，那声音正是从楼府的方向传来的。"

楼毓点点头，道："今天确实是个好日子。"

小喵打了个冷战，觉得楼毓唇边的笑容有些讽刺，实在不像发自内心。她曾和大喵私底下悄悄讨论过，相爷和七公子实则很般配，两人若是都不娶亲的话，携手做一对断袖刚刚好。可惜了，被世道生生拆散了。

楼毓是按婚礼流程走完的，中途也没出什么乱子，除了接到罩着大红盖头的李家小姐时，她默默赞叹了一下新夫人的身高。

当时楼毓也纳闷了，李家小姐吃什么长大的。两人牵着红缎子并肩走，新娘竟比她这个新郎高出许多。

这场婚事简单得很，相府上连酒席也没有摆，被楼毓事先一概辞去了，只有些胆大的孩童堵在门口要红包，也被大喵、小喵打发走了。

楼毓不知道李家是否会有意见，但她此时并无心思顾虑他们的想法如何，出门把新娘子迎回来，对她来说已经仁至义尽。

她扒了身上的喜服，换上素净月白衣衫，想着去找衿尘年过招。但她那神龙见首不见尾的师父又不知道跑到哪里去了，连徒弟的大喜日子，也没悄悄露个面。

楼毓只能在院子里练剑，练到大汗淋漓，月上柳梢头。

大喵、小喵终于忍不住上前来提醒："爷，新娘子还在新房里头坐着呢。"

楼毓一愣："还干坐着干什么？拜过堂、走完这个流程，她便自由了，我与她井水不犯河水，日后各过各的日子，她难道还真等着我去同她洞房花烛？"

大喵、小喵为难："可人家不动，您也应该去看看，意思意思。"

楼毓一想，也是。

即便圆不了房，也该前去慰问慰问。

新房一室冷清，只剩一对龙凤烛无声地燃烧。

这还是李家过来送嫁的嬷嬷，自己送进来点燃的。点完烛，她们便回李家去了，也没留个丫鬟在丞相府，摆明了让李家小姐自生自灭。意思仿佛是说，嫁了相爷，日后就好自为之吧，死活便听天由命了。

送个嫁也跟送葬似的。

楼毓推开两扇门进去，"吱呀"一声，烛火摇晃着快要熄灭，送进的风浮动帐幔，水纹般徐徐漾开。

雕花大床上果然有个人，却不是如小喵所说的坐着，而是半躺着，像是体力不支，倒了下去，盖头还严严实实地蒙着。

只不过，床上的人跟死了一般，一动不动。

楼毓几步走过去，一把将盖头掀了，脸上的表情有点古怪。

楼渊口中模样周正、知书达理的李家小姐，居然变成一个半死不活的男人。

换作别人，新婚夜遇到这种事，估计得惊天动地地喊人了。楼毓伸手去探了探他的脉，看脉象，是中毒，呼吸幽微，恐怕命不长，但一时半会儿也死不了。

楼毓毫无怜悯之心，踢了那人一脚："喂，给我起来。你若是还没死，就先站起来给我把事情交代清楚了……"

她这一脚踢下去，那人没任何反应，倒把门外听墙角的大喵、小喵吓了一跳，两人暗暗道："相爷真乃天字第一号渣男。"

楼毓见床上的人没有动,一手揪住对方的衣领,蛮横地把人扯了起来。

那人毫无支撑,头便歪倒在她的手腕上,寒冰般的温度,倏然冻得楼毓一个哆嗦。微弱的烛光一照,他毫无征兆地渐渐转醒,睁开双眼。

楼毓在寒潭似的眼眸中看见了自己的影子,被浓墨染过的瞳仁上似笼罩着幽凉刺骨的雾,那一刹那,楼毓确实捕捉到了一闪而逝的杀意。

两人间的姿势颇为古怪。

像是楼毓在端着那人的脑袋,说不出的别扭。

靠得这样近,她闻到他身上淡淡的药香,恍然间有似曾相识之感,脑海中画面一闪,想到那日雨夜中在大街上撞到的一人。

"你究竟是谁?"

"在下周谙,葛中嵇溪人氏。"男子虚虚地俯首作揖,朝楼毓一鞠躬,"今日,既入了相府的门,还望相爷不要嫌弃。"

他低低俯身,又慢慢抬起,未束起的黑发自肩头如流云漫过山峦,朝大地倾泻而下。眉黛青山,双目似点漆,灼灼地望着楼毓。

"真正的李家小姐呢?"楼毓问。

"昨日投井死了。"

"你意欲何为?"

"在下来相府安家。"周谙病得苍白的脸上溢满笑,让楼毓想起于鹅毛大雪中缓缓盛开的梅。

他道:"你可以把这当作一场交易,互惠了双方。"

楼毓问:"既然是互惠,我能从中得到什么?"

"周某会替相爷保守女儿身的秘密,替相爷挡去一切桃花。"他笑容濯濯如月,浅淡又旖旎,还有几分蛊惑人心。

他竟知道这秘密。

楼毓仔细地打量这个来历不明,突然之间冒出来的人。

她眸光一冷,如锋利的刀刃上泛着光,身形未动,声音里透着威胁:"你离我不过半步,你信不信我现在就可以杀了你?"

"杀我并不难,就算相爷此刻不动手,我也命不久矣。"周谙道,艳红的广袖涤荡,微澜潮生,在半明半暗的夜色中掀起一片雾霭,"难的是救我。"

这人说话倒有几分意思。

楼毓道:"你分明有求于我,却拿我的身份威胁我……"她笑了笑,用碧玉杯盛满了一杯酒,喝了解渴。

龙凤烛已经彻底熄灭,只剩下庭院中的月光在窗棂上徘徊。

这世上仅存的一粒妄生花毒的解药,确实在楼毓手中。

当年楼毓的生父苏清让身中妄生花毒,楼宁为此失踪了半年,在炽焰谷中上刀山、下火海,方从药王手中得来了仅此一粒解药,却还是晚了一步。苏清让在最后一刻也没有等到,楼毓绝不会轻易便宜了一个外人。

"我既已嫁你,便打算在这相府安家的。多一个人陪着你,难道不好吗?"

"你要留下来陪我?"

"是。"

楼毓笑了起来:"我如何信你?"连自幼倾心相待的楼渊都已经背弃她,离她而去,他一个神秘的外来客,哪里可信了。

"我们拜过堂了。"

"这如何能作数?"

"如何不能作数?"周谙反问,不大的声音却有逼迫之意,"天与地为证了,相爷还想翻脸不认人?"

楼毓在他声声控诉之中，硬被冠上了"负心汉"的罪名，她再想与之争辩两句，周谙却陷入了昏迷。

"你还真是……"楼毓无奈。

把人搬回榻上，楼毓朝室外喊了一声："大喵、小喵，去叫个大夫来！"

这日之后，周谙在相府安了家。

谁家的癞皮狗，赶也赶不走。

楼毓早起练武，一边耍着长枪，一边心想这算什么事。她"娶"了个病秧子相公，不由分说，就这样跟她杠上了。

"你府上冷冷清清的，多添一个人，不更好吗？"

"你一个人，多寂寞啊——"

"你我既已成了亲，再叫相爷，就显得生分了。叫娘子吧，不行，会暴露你身份。叫相公吧，我倒无所谓，你不觉得别捏吗？那便叫阿毓了，好听，就这么定了……"

楼毓出枪，一个天旋地转的腾空翻身，心想："定什么！谁跟你定了！"

可发火也没用，周谙这人，兴许是知晓自己半条命已经埋进土里，比常人豁达，说得难听点，就是没皮没脸。楼毓把刀架在他脖子上，也起不了什么作用。

楼毓想，那便先这样吧，看他能玩出什么花样，日子也确实过得有些无聊了。

厨房的方向飘来浓郁的药材味，熏得楼毓胃里一阵翻腾。

自从相府上添了那尊大神，大喵、小喵每天都多添了新任务——熬药。

大夫留下的药方一共好几服，吩咐了，头一次得大火煎，第二次得慢慢熬。

几个陶药罐齐齐上阵，大小两喵摇着蒲扇，药罐里咕嘟咕嘟冒着泡，熬着熬着，把丞相府变成西街的药铺味。

楼毓皱皱鼻子，嫌弃着，对面的房门"吱呀"敞开，周谙迈着步子走出来，清晨的光晕把他团团包围，他朝舞刀弄枪的楼毓笑了笑："阿毓，早上好啊！"

- 贰 -

"你是说安排的人被调包了？"

楼渊两天后才接到属下送来的消息，那送进相府跟楼毓成亲的是谁？真正的李家小姐投井自尽，重新安排的女子被误送入了另一顶花轿，是谁从中作梗，能够瞒住楼家的眼线悄然完成了这一切？

楼渊现在最在意的是楼毓究竟娶了谁。

次日，在朝堂之上见面，文武百官皆是一身朝服，进贤冠，绛纱袍。楼毓姗姗来迟，走在百官后头，楼渊想寻个机会问清楚一二，却被同行的拉去闲话。直到皇帝坐上了金銮殿，二人也没有面对面碰上。

这日早朝严肃，气氛凛然，前方军情来报，叶岐再次来犯。过岷山岷水，入侵临广西南边境，大肆烧杀抢掠，凶残行径令人发指，苏家和当地县令纷纷上书。

孝熙帝询问朝臣意见，楼毓站出来请旨，愿携军队痛击叶岐。皇帝欣慰，封楼毓为骠骑将军，率三万兵马赶赴叶岐平乱，三日后启程。

"臣遵旨。"

金碧辉煌的殿堂中，响起楼毓沉稳冷静的声音。

退朝之后，楼毓去后宫紫容苑向楼宁拜别。

楼宁问她："是你主动请的旨？"

"是。"楼毓跪于她榻前，腰背挺直如松。

她生于临广，生父苏清让葬于临广，叶岐来犯，她不能坐视不理。更何况，她熟悉临广地形地貌，本又是武将出身，朝中没有人比她更适合出征。即便她不主动请缨，最后恐怕也逃不脱这结果。

楼宁坐在铜镜前梳妆，姣好的面容，风姿压过从窗口探入的灼灼桃花。"三年前岷山一役，你击退叶岐，大胜而归，我借此让陛下封你为丞相，让你做个文官，谁知你却闲不住……"

楼毓奉命拿起梳篦，替她梳发。

"你此番作为，是为了躲避渊儿？"

楼毓手上的动作一滞，差点扯痛楼宁，她手心一疼，不知该如何继续下去。楼宁却浑然不在意，伸手掐断了那朵桃花，别在鬓边，幽幽道："为了躲一个人，躲到西南边境去，你就这点出息吗？"

"都说儿行千里母担忧，我倒是觉得，倘若这一仗能让你忘了楼渊，那便去吧。"

果真因为血脉相连，所以能轻易读懂她的心思吗，就这样被一语道破。

楼毓三拜楼宁。

她给楼宁敬茶："母亲保重。"

楼毓从宫中出来时，注意到宫门外有一辆马车候着，草草一眼扫过，当时并未想到竟是来接她的。

周谙掀开布帘，闷闷地咳嗽了两声，朝她招手浅笑。

楼毓大步走过去："你怎么来了？"

"我听大喵说，别人上朝，都有马车接送，想到这里便来接你。"周谙气色好了些，倚着车壁，颇为清闲的模样。车内的小茶几上还沏着两杯顶好的明前茶，细嫩芽叶，顺着壶嘴儿钻进了杯里。

"阿毓，快上马车。"

他总端着个笑脸，又重病在身，楼毓不好拂了他的好意，弯腰钻了进去。

"大喵说你最爱琼液楼的醉仙酿，但酒喝多了伤身，给你准备了清茶。"

楼毓接过周谙手中的茶："多谢。"

"大喵说你讨厌烦琐的朝服，每次去上朝，都不太开心。"

楼毓原本打算闭眼小憩一阵，不得不睁开双眼："大喵还说了什么？"

"嗯？"周谙被问了个猝不及防，"大喵还说了，相爷之前的性子活泼些。自从七公子成亲后，变得有些沉郁了。"

周谙有试探之意。

楼毓只道："大喵说得太多了，回去罚她噤声三日。"

周谙幸灾乐祸，拂了拂袖，衣襟上的药香钻进楼毓鼻子里，他问："只罚三日？这可不符合相爷的铁血手段。"

车夫赶着马车在大街上不紧不慢地走，十分平缓，却突然一个颠簸。杯中水洒了出来，烫得周谙两指通红，他未缩手，只怔怔地听楼毓解释道："因为三日后，我就要出征了。"

"刚大婚，就要出征？"周谙抓住了她的手。

楼毓微愣，她压根儿没有把大婚这事放在心上，难不成这人还在意这些？他们俩之间，如同闹着玩的，她始终没有当真。

周谙手上还有未干的茶水，有些湿漉的手指按在楼毓冰凉的手背上，单薄的一层苍白皮肉包裹着嶙峋白骨。他身上有着久病之人的气息，像梅雨时节生长于墙隅的一块青苔，久不见阳光。

或许是因为他身上这种特质，与楼宁口中的苏清让极像，所以时常会让楼毓一阵恍惚。

苏清让病逝时，楼毓还是裹在襁褓中的婴儿，她对她的父亲没有分毫印象。在临广流浪期间，却听闻了不少他的传说。

楼宁似乎恨他，恨意浓时，却呢喃他的名字——清让，清让。

可这难道不是爱吗？

尽管那人不要了楼宁和她，这些年，楼毓却无法真正记恨他，苏清让这个名字对于楼毓来说承载了太多复杂的感情。

她从回忆中抽身出来，任由周谙抓住了她的手，忽然多了一丝温情，玩笑着道："你是怕我战死不归，无人给你妄生花的解药吗？"

丞相府闭门三日，谢绝见客。

楼毓替府上几人都安排妥当了。俩丫鬟、一老仆、一花匠、一厨子，一人分一百两银票傍身，你们家相爷穷，只能拿出这么多了。倘若她还能平安回来，一切照旧，大伙儿还一起过日子；倘若日后接到消息，相爷战死，你们就拿着这一百两银票各奔东西，大家各自珍重，不必挂念。

挨个儿分完钱，楼毓走到周谙面前。

遇上一个难题。

别的人能如此打发了，他该如何？

楼毓斟酌许久，从袖中掏出两张银票递过去："你理当多分一份，毕竟……毕竟你我夫妻一场。你又是个药罐子，要花钱的地方多……"

本以为周谙会不愿意，谁料他安生接了，没有多言，只是脸上不见有笑了。

兴许是出于愧疚，周谙当晚服用的药，是楼毓亲自熬的。

她手法熟练，起了茧子的手端着药罐过滤渣子，没漏出一点药渣子。干干净净的一碗药汤，被送到周谙面前，棕褐色的糖浆一般，若是能把这股恶心人的味道除去就更好了。

楼毓这人十分矛盾。

她看似冷漠，却也对周谙上了心。若说她真的对周谙上了心，却不肯拿出妄生花的解药给他，看他疾病缠身，泡在药罐子里。

真真假假，谁也看不清明。

周谙一口闷之前，在圆墩墩的碗面上看见自己的一张脸，长眉斜飞入鬓，眼角带着一点薄红，是刚才被灶里的柴火给熏的。

"多谢。"他道，"明日何时出发？"

"辰时准时启程。"

周谙喝完药，道："你也保重。"

大喵跑了进来，朝两人行了个礼，附在楼毓耳边轻声道："爷，七公子来了，就在门外，说要见您一面。"

楼毓道："闭门谢客，这几个字不是白说的。"

大喵神色犹疑，但在相府待久了，也逐渐明白不该多事，只需照相爷说的做就是了。譬如，娶回来的李家小姐变成了个翩翩病弱美少年，相爷未觉得不妥，她们也只装作什么也没发生般镇定。只是难免在心底暗想，相爷果然是个潜藏的断袖，偏好男风。

半个时辰后，天暗了。

大喵说："七公子还在门外，没走。"

两个时辰后，繁星满天，圆月当空挂。

小喵说："七公子还在门外，没走。"

亥时，打更的人从墙外经过。周谙咳嗽了两声，身上搭着被角睡了。楼毓在看兵书，扫地的老仆在窗前道："相爷，七公子还在门外。"

楼毓支开纸窗，探出头去应了一声："再过个一时片刻，他自然就走了，莫理。"

老仆年纪大了，是在楼毓身边伺候得最久的一位，他佝偻着背，忍不住要念叨两句："您明天就要出发了，我看七公子是真心……"

楼毓笑着打断："我要他的真心做什么？"她合上窗，吹熄了烛火和衣躺下，望着黑漆漆的帐顶，长长地叹息，"即便拿去喂狗，狗也不吃。"

大军出发前，楼渊站在送行的百姓当中，远远看见队伍前骑在马上的楼毓，最后还是没有上前。

嘚嘚马蹄声远去，奔赴西南边境，飞扬的尘土在灼热的日光之下无处遁形。那一身银白的铠甲肩负重任前行，承载着将士保家卫国的英雄梦想和无数子民的希冀，风中猎猎作响的红色战旗，就像提前吹响的战歌和号角声。

"王于兴师，修我戈矛，与子同仇！"

"王于兴师，修我矛戟，与子偕作！"

"王于兴师，修我甲兵，与子偕行！"

- 叁 -

行军第一天，夜晚赶至牯风口安营扎寨。

楼毓同众将士一同席地就食，同甘共苦，不分彼此。她半边面具下的下颌精致，线条纤细白如玉盘，在一众莽夫中尤为出挑。曾经跟过她的老兵，见识过她单枪匹马闯入敌军阵营，取对方将领首级的英勇。新兵也听过她的事迹，只是未敢相信，传说中的铁血将军，就是这样一位少年郎。

盛夏多蚊虫，更何况在荒郊野外。楼毓和几位副将商议军事之后，回到自己的营帐就寝。掀开粗麻帷幕，一阵混着药草的清香扑鼻而来。

楼毓在烛下看了半晌临广各县县令送来的折子，拿笔一一做了批注，帐外传来此起彼伏的蝉鸣蛙叫，她却忽然发现身旁清净，竟没有半只蚊子过来相扰。

楼毓出去问帐外守夜的侍卫："今晚谁进来过我的营帐？"

"回将军，只有一个负责打扫的小兵来过。"

"去把人给我叫来。"

灰头土脸的小兵到了跟前,楼毓问他是如何做的。

小兵用手抹了抹脸上的汗,一手灶灰,脸显得更脏了,干巴巴道:"用艾草和菖蒲加水浸泡,用来擦拭桌几、床榻,还有烛台,这样将军秉烛夜读,便不会有蚊虫骚扰。苍术、白芷、丁香、佩兰、艾叶、冰片、藿香、樟脑、陈皮、薄荷装入小袋中,悬挂在帐内,安神又驱虫,将军便可好眠。"

楼毓赏了他一匹好马,把他调到身边听差。随后又派遣一小分队人马特地沿路采摘艾草等物,依法制成香囊,命众将士随身携带,不得离身。

这一路赶赴临广,蚊虫传播的疾病和兵士水土不服的状况大大减少。众人神清气爽,士气也大涨。

快进入临广境内时,衿尘年神出鬼没地现了一次身。

天刚入夜,大军驻扎,楼毓听见熟悉的箫声,循着箫声而去,在不远处的山头果然发现衿尘年的踪迹。

"师父!"

"乖徒弟,来过两招!"

话音未落,衿尘年手中的竹箫破空而来,如长剑过树穿花劈开了面前的一切阻碍，朝楼毓的面门刺来。

楼毓双膝一屈，身子后仰，避开凌厉的招式。她左脚踩上树干，借力腾空跃起，空掌毫不留情地冲衿尘年的头盖骨一击，不忘挑衅笑道："师父您老人家腿脚不如以前了……"

"好小子，几日不见又欠收拾了！今天就让为师带你来长长见识！"

混战之中，衿尘年摘下竹斗笠抛向空中。那斗笠犹如一个经轮在空中极速转动起来，锋利无比，两人在树上过招，楼毓只听"咔嚓"一声，劲风凭空而来，百米内的树枝齐齐被切断。

斗笠又重新回到衿尘年手中。

"多谢师父手下留情，您若再狠一点，徒弟恐怕得裹着树叶回营了。"楼毓的外衣下摆，不知何时被斗笠划成了烂布条，一根根挂着。

这一场打得酣畅淋漓，再见不知是何日。楼毓觉得，衿尘年这趟像是专程来送她的。

"师父，您接下来要去哪里呢？"

"天地之大，无以为家，去哪里都无所谓。"衿尘年捋了捋那一小撮花白胡子，点点楼毓的脑袋，有些感慨，"你好好活着回来，千万别被叶岐蛮子打趴下了。"

"不会!"楼毓自信道,"我会把他们打回去的!让他们永不敢来犯!"

她微仰着头,眼睛仍如一个孩童般澄澈明净,没有杂质。

夜风吹动莽山苍野,无数叶片在风中盘旋,衣衫和墨发劲飞。衿尘年压下斗笠,将注视着楼毓的目光一点点收回:"就到这里了,再远,师父便送不了你了。"说完取下别在腰间的酒囊,扔给楼毓,算是临别前的礼物。

楼毓喝了一口,冲衿尘年消失在夜色中的背影喊道:"师父,下次再见,徒弟送您二十年的春风酿——"

幽谷已经杳无人影,棣棠花开在半山腰上,万千点黄金碎片般,在月下闪烁。

接下来几日,大军加快脚程,快速抵达西南边境,临广百姓夹道欢迎援军的到来。

至九月初一卯时,叶岐已拿下临广五县。这日清晨准备突击之时,恰巧遇上楼毓带兵视察,两军冷不丁对上。

楼毓手持长枪,率十余人抗击对方的突击队。

天光大亮之际，叶岐人仓皇而逃，楼毓本欲活捉两个，却不料逃兵皆咬舌自尽了。

这算作交手的第一战，虽然双方均无准备，狭路相逢对上的，但也算给了叶岐一个下马威，涨了南詹的士气。楼毓在临广声名鹊起，一时传为佳话。

楼毓趁此时机，速战速决，向西南进攻，沦陷的五县在三日之内已经被她拿回了四个，只剩最后一个曹山县。

曹山县濒临氓水，其余三面环山，与临广其他各县仅一条官道相连，被叶岐攻下之后，便彻底与外界隔绝了，被一道天堑阻隔，难以逾越。

楼毓决定从长计议。

底下的副将和谋士纷纷出了几个主意，楼毓对着面前沙盘支颐沉思，没说话，显然不太满意那些乱七八糟的提议。

有说搭桥过去的，等桥修好黄花菜都凉了。

有说挖地道的，临广地势崎岖又多溶洞石林耸立，根本行不通。

有说用木鸢载人，飞越天堑的，倒也不失为一种办法，但只能容小部分人飞渡，大军不可能一起越过，且目标太大，容易被发现，也不是个万全之策。况且要在短时间内请到可靠的木匠制造木鸢，难如登天。

"行了，都回去再想想，今天到此为止……"楼毓挥挥手让众将退下，自己仍盘腿坐着，琢磨了起来。

转眼到了正午，小兵端着托盘把饭菜给送进来："将军，该用膳了。"

楼毓抬头见面前的小兵面生，问道："你是新来的？"

小兵身量瘦高，面色蜡黄，眉目不出众却生得亲和，看起来很顺眼。他道："莫非将军忘了？您曾下令赏我一匹好马，又把我调到了主帐听候差遣。"

"是你……"楼毓登时想起有这么个人。那晚小兵蓬头垢面的，根本没仔细看清他的脸，这些天又忙于战事，根本无暇分心关注身边的人，如今方才好好打量他。

"你叫什么名字？"

"周玄谦。"

楼毓一愣："是个好名字。"

她望了一眼外边，今日是个多云的好天气。她说："下午跟我去城中逛逛，光坐在帐篷里也想不出什么好主意。"

午膳过后，楼毓换上一身普通男子的便服，也没有带近卫，同周玄谦一起骑马离开军营，朝城中奔去。

刚经历过战乱的县城百废待兴，各处被叶岐兵破坏的房屋需要修缮，当地县令正在安排衙役加固城墙和整理街道。少数几家茶馆酒肆开始开门营业，吆喝生意。学堂也没有关闭，远远传来稚童的琅琅读书声。

楼毓和周玄谦牵着马走了走，又四处逛了逛，进了一家酒馆喝酒。

这大抵是酒馆新开张之后的第一笔生意，掌柜多送了他们两碟花生。店小二送酒时悄悄瞥了楼毓几眼，目光探究好奇，又藏着畏惧。

"将军还在为曹山县的事情烦恼？"周玄谦问。

"不把叶岐蛮子从曹山县赶出去，便谈不上真正的大获全胜，叶岐始终占据着南詹的土地，就称不上国泰民安，天下太平。"

楼毓说完点点对面的位置，让周玄谦也落座。她低头看见自己腰间别着的小香囊，还是上次周玄谦所制，用来避虫的，忽然问："你以前是做什么的？"

周玄谦交代得一清二楚："原本在葛中的一个小镇上教孩子读

书，因各州县征兵，家中有三子或三子以上者，需一名男丁入伍，被迫来参了军。"

他说参军是被迫的，楼毓却并不生气，放下酒杯，朝他作了一个揖，随即就转换了称呼，恭恭敬敬道："曹山县一事，不知先生可有破解之法？"

楼毓认定，周玄谦是个胸中有丘壑的读书人，虽其貌不扬，却有大智慧。若得他真心相助，或许曹山县还真有好的攻破方法。

任人唯贤，广纳谏言，总是没错的。

她不妨赌一把。

周玄谦得楼毓器重，面上也未有大喜之色，只是反问楼毓："将军可知叶岐人最信什么？"

楼毓与叶岐也不是头一次交战了，对他们了解颇深，淡淡抿了一口酒道："他们一族最信天命，民风彪悍野蛮，据我所知，至今仍保留着活人祭天的习俗。"

周玄谦点头："这便是他们的命门。"

临广的烈酒灌下，犹如幽火烧喉，他忍了忍，道："将军既然没有好的办法外攻，不如让它不攻自破。"

楼毓一听，知道有戏。

"临广位于西南边境，有许多江湖人士活跃在其境内，且擅长蛊术者，不在少数。"

周玄谦再一点拨，楼毓顿时豁然开朗。两人目光交会，望进彼此眼中，默契地淡淡一笑。

回到军营之后，楼毓立即传令下去，四处张贴告示，重金招募擅蛊之人。短短几个时辰过去，临广各州县百姓都在谈论此事。

三日后，看到告示前来的江湖人士共有三十七人，齐聚主帅营中，楼毓命人好酒好肉的招待。

她穿一身银色铠甲，腰间佩剑，掀开帐篷门口的两块布幔进来，面容冷肃，身上的杀伐气势未退，不带笑意的脸上不怒自威。众江湖人士初见这位少年将军，皆不动声色，暗暗打量。

楼毓先敬了众人一杯酒，微微一颔首，开门见山道："想来众英雄好汉都知道，如今叶岐犯我南詹山河，苦战之后，大多疆土都已收复，唯独曹山县迟迟难以攻破。楼某今日找诸位前来，就是为了商议曹山县一事。"

众人你望望我，我看看你，不明白楼毓葫芦里卖的是什么药。

"我们能做什么?"一个膀大腰粗,头上编了两根粗辫的壮汉问出了所有人的心声。

"做你们最擅长的事。"这次开口说话的是楼毓身侧的周玄谦,他今日穿着灰布襦袍,与乡野间的教书先生别无二致。看这情形,应该十分受楼毓倚重,只不过他看上去精神不太好,神色恹恹,眉目间隐隐透着沉郁的青灰色。

"蛊术?"

"对。"

楼毓朝周玄谦示意,周玄谦把之后的计划详细告诉众人。

这三十七人听了连连点头,越听到后面,越佩服楼毓的计谋。他们当中并非人人都是善类,不乏大奸大恶之徒,冲着赏金来的,对周玄谦所说的并不感兴趣。

楼毓朝座下睥睨一眼,修长的手指缓缓转动着面前的碧色玉盏,倏然出声:"我知道有人对这个计划并不感兴趣,没有多大热忱,只是诸位不妨想一想,倘若能用毕生所学的蛊术把叶岐人从我南詹的疆土上赶出去,是一件多大快人心的事。无论是我等习武之人,还是在座学蛊之人,同生于这片土地上,生是南詹人,亡后南詹魂,有生之年有能力保家卫国,为这大好河山和黎民百姓尽一份力,难道这不是一件值得自豪的事吗?"

　　她语速不紧不慢,并不响亮的声音当中有铿锵之势,一腔话说得底下人齐齐一怔,那些蚊蚋般的议论顿时戛然而止,霎时间鸦雀无声。

　　有几人脸上憋得通红,不知是被感染了,还是惭愧。

　　片刻的静默之后,之前发话的壮汉向楼毓敬了一杯酒:"我就是个大老粗,不懂别的弯弯绕绕,但这事,只要将军发话,我一定全力配合。"

　　其他的人,开始陆陆续续举起酒杯,跟着表态:

　　"我愿全力配合将军!"

　　"我愿全力配合将军!"

　　"我愿全力配合将军!"

　　翌日下午,太阳落山之际,临广还有不少人在屋顶上忙着砌砖补瓦。不知是谁站在房梁顶上指着半空惊呼了一声,大家不约而同抻长了脖子往天上看。

　　无数只类似于飞蛾一般长着两只翅膀的棕黑色小虫,在半空盘旋,密密麻麻,如同一片巨大的乌云压顶。

天有异象。

越来越多的人听见动静跑出来看，一时间人心惶惶。

没过多久，那些胡乱飞舞乱作一团的小虫，开始像训练有素的士兵一样排列组合，竟形成了几个清晰的大字——"收曹山，叶岐亡"。这几个字如同一个方阵，整齐地朝曹山县的方向移动。

临广百姓开始议论纷纷，叶岐侵犯我河山，掠夺曹山，连老天爷都看不过去了，特地派天兵天将下达昭示。

曹山县内的叶岐兵看见异象，有不少兵卒也乱了分寸，面面相觑，而后惶恐地扔了手中的长矛拜倒在地。

顿时军中大乱。

楼毓和周玄谦站在高处眺望曹山县，远处半空中的虫阵还未完全大乱，持续了很长一段时间。

叶岐将军为稳定军心，下令用火攻，燃烧的箭头朝空中发射，烧毁了虫阵的一角。可不过几秒，它又会重新复原，看上去越发诡异。

"那三十七个人，还真有点本事，不是过来吃白饭的。"楼毓双手背在身后，听语气颇为满意。

周玄谦却问她："将军不怕被人说闲话吗？"

"什么闲话？"

"说您用了上不了台面的手段。"周玄谦倒也敢说。

楼毓不怒反笑，夕阳的万丈余晖下，面具下露出的半张脸被染上淡淡的金黄光晕，竟似神祇一般。

"用了蛊术，便是上不了台面？"她反问周玄谦，"未烧杀抢夺，未费一兵一卒，倘若这样就能将失地收复，是百姓之福，我何需顾及台面不台面。"

周玄谦道："有将军在，才是百姓之福。"

他难得的一句恭维，说得人心畅快。楼毓侧首淡笑道："我这人一贯只要结果，不问过程是否光明磊落。"

周玄谦目露赞赏，道："将军的做法，已经算得上光明磊落。"

楼毓回身，黑色的眼睛里如子夜，她望着周玄谦，目光沉沉深不可测："这次若真的能不战而胜，让叶岐兵退出曹山县，先生才是最大的功臣。"

飒飒秋风起，空气中有了一丝凉意。

那目光中带着一如既往的信任，却不乏探究，像一坛刚被搬出地面却尚未开封的陈年老酒。

周玄谦坦荡地与她对视，广袖下的双手如月光般冰凉，他轻轻地拢了拢袖口，笑容平静："不敢当。"

这样温和平淡、毫不起眼的笑，却让楼毓想起自己相府内的那个漂亮得近乎妖孽的人，不知他过得好不好？

出征的前一夜，他温声对她说，你也保重，我等你回来。

楼毓闭了闭眼睛，心中暗暗提醒自己，他不过是为了妄生花的解药罢了。再睁眼时，双目已清明。

楼毓正准备回营帐，潜伏在曹山县内的探子飞鸽传来书信，说曹山县内有异动。叶岐的主帅努尔扎木与下属发生了争执，如今军中已经有部分将领主张放弃曹山县，退回到叶岐自己的地盘。

看来事情见效很快。

叶岐人都信天命，如今天降凶兆，他们不得乱起来吗？楼毓吩咐那三十七人再添把柴，让火烧得更旺一些。

两天后，驻扎在曹山县的叶岐人发生内乱。以副将努尔诵为首的一千人等主动投降，给楼毓送来了降书，并在天黑入夜时，打开城门，迎南詹兵马。

按照约定好的时辰，楼毓带兵一路畅通无阻进入曹山县境内。叶岐主帅努尔扎木和亲信部队在混乱中潜逃，不知所终。

努尔扎木是楼毓心上的一根刺，不拔不痛快，倘若不借这次机会斩草除根，日后不知还会生出多少变故。她将诸事交给周玄谦处理，一跃上马，率三百精兵追击。

周玄谦却不赞同。

战马一声长嘶，楼毓勒紧了缰绳，眼中熠熠，映着今夜明亮的月光，溢满了势在必得的豪情和战争胜利后的喜悦。

"先生放心，我一定平安归来！"

周玄谦还要再说什么，她已经离去，空余嘚嘚的马蹄声，背影隐在灰茫茫的夜色里。

周玄谦压下心底那一丝道不清的沉郁，手持她扔过来的令牌去处理后续的事。半空中的虫阵已经散去，百姓在欢呼雀跃，曹山县境内一片废墟却四处洋溢着喜悦。大概是这一仗赢得太过顺利，才让他生出了一种不太真实的感觉。

周玄谦把众叶岐降兵安排妥当后，夜已经彻底黑了。两个时辰过去，楼毓那边毫无消息，连个回来报信的人也没有。

从营帐中出来，周玄谦去了不远处的酒家。撩开布帘子往厨房去，灶台边上有个正在炒菜的汉子，隔着几缕白烟看见是他，似乎吓了一跳，手中的铁铲抖了一下，十分惊讶道："主上，您怎么来了，是不是发生了什么大事？"

周玄谦道："来找你喝酒。"

刑沉温那颗提起的心又放下，赶紧把手上的菜炒完出锅，打开厨房边的一道暗门，躬身请周玄谦进去。门又无声关上，把呛人的烟火味儿一并关在了外面。

暗门后面是一间隐蔽的石室，里面摆放着简陋的桌与椅。刑沉温点燃两根蜡烛，微光幽幽，他取了一壶酒出来，给周玄谦满上。

周玄谦持杯闻了闻，皱着眉，十分嫌弃的样子："又是药酒，我不要这个酒。"

刑沉温憨憨地笑了笑："这是书呆子特地为您酿的，您身体不好，只能喝这个，别的就没有了。"

周玄谦把玩着杯盏，道："同一种酒，喝了十二年，能不腻吗？"

他说的是实情，可刑沉温也无可奈何，还有些心酸，微不可察地叹了一口气。他是看着周玄谦长大的几人之一，是下属，是挚友，更是周玄谦的左膀右臂，始终跟随在周玄谦左右。刑沉温道："如今曹山县已经收复，一切如您所料，主上还有什么事放不下？"

周玄谦正在思索楼毓的事，冷不丁被这么一问，神思恍然，忍不住问刑沉温："我有表现得这么明显？"

　　刑沉温道："您今天晚上看上去确实不太对劲。"

　　周玄谦脱口而出："楼毓还没有回来。"

　　他说完，两人都怔了怔，诧异于这语气里显而易见的担心和关怀。周玄谦一时心绪微妙，面前的药酒醇香扑鼻，饮尽了，口中还有淡淡的苦涩。

　　"老刑，你可动过心？"他问。

　　刑沉温把一辈子的时光都花在习武和做菜这两样事上，还真不懂风花雪月，他苦恼地摸了摸头："要是有书呆子在就好了，他们文人最懂这些乱七八糟的东西……"

　　"主上，您……您对楼相……"刑沉温憋红了脸，他肤色黝黑，倒也看不出什么来，"您……你们……"

　　"我们——"影影绰绰的烛光笼在周玄谦修长的指节上，这样普通的一张脸，却配了那样一双玉骨般铸成的手，他的声音又低又缓，陷入了无尽的沉思之中，"我和她，也算是拜过了堂的。"

　　大老粗刑沉温从他的声音里听出了一点笑意，又听周玄谦问："明明是个姑娘家，却非要戴着个面具，还要上战场杀敌，她一定吃过不少苦吧？"

　　刑沉温觉得事情的发展好像偏离了原来的轨道，有些不可控制。当一个男人开始怜惜一个女人时，就有了喜欢的苗头，再往后发展，很有可能会爱上，从而产生一系列的爱恨纠葛，这话是书呆子说的，应该不会错。

　　主上对楼毓，好像有了那种苗头。

　　刑沉温不免担心起来："主上，拿到解药是关键，那才是生死大事，其他的，您还有时间慢慢想。"

　　周玄谦静了静："你说得对。"

　　京都幕良。楼府。

　　楼渊独身而坐水榭中，一时心神不宁。入秋后，面前水池中的荷花已经凋零。他那新婚的妻子送来了茶点，陪他静默地坐了半晌，不知该如何挑起话题，扶了扶头上的金步摇，忽然感慨道："花谢了……"

　　软软绵绵的嗓音，伤春悲秋的语调，按理来说，应该会引起夫君的无限怜惜才对。

　　楼渊却陷入沉思当中，久久没有回应。

"阿七，我瞧着楼府这池荷花生得好，就是容易早枯，两场秋雨一下，便谢了，未免也太娇贵了些。我倒是有个好主意……我们从后山上引来一股温泉，注入池中，保管这荷花寒冬也开不败哈哈……"

那人在外被称作铁血的将军，暴戾恣睢的相爷，其实大多时候还像个未长大的孩子，时不时会想出一些古怪的主意。

楼渊以前以为，这个未长大的孩子只会属于他，如他在梅花树下深埋的那一坛酒，是他深埋的秘密，永不见天日，藏于心扉中。

- 肆 -

凉风呼啸的夜，楼毓带三百精兵一路追踪努尔扎木军队的踪迹。努尔扎木落荒而逃，身边已经只剩下部分忠心追随的下属，从马蹄印判断，在前方的交叉路口，又分成了两路。

楼毓率百余人朝左边的小径追过去，行了几里，道路越来越崎岖，不得不弃了马。小道两旁荆棘丛生，茂密的老树枝丫像一只只枯瘦的手从四面八方探过来，一路寂静，耳边只听见窸窸窣窣的脚步声。

"将军，前方有烛火。"开路的探子来禀报。

楼毓压低声音，命部下全速前进。众人熄灭了手中的蜡烛，借着朦胧的月光朝前方奔去，林间掩映着漆黑的暗影，如一尾尾在水中飞速游弋的鱼。

不久之后，楼毓果然在两排榕树后面发现了努尔扎木的身影，两个身影在用叶岐方言交流。

楼毓朝身后的人比了几个手势，让他们绕道从其他三面包抄过去，自己则直接从正面进攻。

寂静的山林像是突然有璀璨的烟花炸开，顷刻间变得沸反盈天，喊打喊杀声回荡在山谷中，久久不息。

楼毓直奔人群中的努尔扎木而去，手中的匕首迅猛地划破拦路人的胸膛，一个纵身跃起，脚踩来人的肩膀，刀刃直指努尔扎木的双瞳。

努尔扎木闪身一退，凶险地避开了她的匕首。冰冷的刀刃擦着他的脖子而过，划出一道细长的血痕。

狂风卷起树叶凄厉作响，冷铁的撞击声如同鬼魅的哀鸣。楼毓占了先机，逼得努尔扎木往后退了一步又一步，她朝着北方大喊一声："这将是最后一战！生擒努尔扎木，把叶岐人彻底赶出我南詹，我们就可以北上回家了！"

她身后的精兵顿时精神抖擞，跟随她大呼："生擒努尔扎木！"

努尔扎木气急，劈向楼毓的一招一式都用了全力。他身材魁梧，力气极大，虽然身上已经被楼毓扎出了好几个鲜血淋漓的洞，却也逮住机会，扎实地给了楼毓一拳，几乎废掉了她右半边肩膀。

楼毓忍痛，非但没有退开，反而全然不顾右肩的伤势，迎难而上，左手绕过他腋下，匕首从袖口滑下，直直地扎进他后颈。

努尔扎木目眦尽裂，俨然不敢相信地望向楼毓，他的手费力地抬起，又无力地垂下去，双膝跪地，却迟迟没有倒下。

最后楼毓却在他的眼睛里看见了一丝诡异的笑，叫她心中忽生寒意。

努尔扎木死了，其余的叶岐兵纷纷放下武器投降。连最后的隐患也已经根除，楼毓却没法安下心来。

楼毓传令下去："所有人马按原路返回。"

她右边胳膊垂在身侧，命人给自己接上之后，砍了几截树枝固定好，继续赶路。半炷香的时间过去，楼毓发现了不对劲，他们如同陷入迷障，怎么也走不出去，转来转去，发现又回到了原地。

槐树下，努尔扎木的尸体像一面旗帜一样横躺着，昭示着他们一次又一次徘徊在起点周围。

半圆的月亮渐渐躲进了云层后，渗出来的光线越来越暗。跟在楼毓身边的还剩下五十来人，押住二十多个叶岐俘虏，众人虽未多说什么，但一个个的已经开始在心里打鼓。

深夜气温骤降，风刮在脸上像隆冬里的冰凌从皮肉上割过，眼睛都有点睁不开了。随着时间逝去，双手双脚渐渐变得僵硬和麻木，没有了知觉，机械性地行走。

楼毓抓过一个叶岐兵问："这是什么地方？"

对方吓得双腿直打哆嗦："小的也不知道，小的也不知道啊，是努尔将军说……说……"

"他说什么？"楼毓逼问。

"他说来这里准没有错，大家谁也走不出去，同归于尽……"

楼毓这才明白，努尔扎木逃窜于此，本就是他的计划。而她，中计了。

曹山地形崎岖，多奇山峻岭。

有一处地方，名叫坡子岭，多黑色矾石和漆树。山中多野兽，多迷障，夜深时起雾，如仙境，又似地狱，一旦有人入内，无人生还。关于坡子岭的传说还有很多很多，但那些都只存在于当地老人所讲的传说里。

楼毓没有想到，有一天自己竟会身涉险境。

下半夜起了浓雾，饶是她手底下的兵骁勇善战，也逐渐没有体力再支撑，只能下令原地休息。众人如同昏迷了一般，到第二天正午才一个一个清醒过来。

强烈的日光照射在楼毓的眼皮上，她在一阵强光中睁开眼睛，右手传来一阵剧痛，脑中一片空白，顿了几秒，她才想起自己在何地。

大雾已经退去，视野变得开阔，她环视四周，不由得瞪大了眼睛。昨夜分明是被困在山林之中，现在却置身于一片苍茫的草原之上。大地苍茫，一望无际，荒无人烟，只有及膝的野草在日光和风下舒展。

眼前的情形太过不可思议，只是睡了几个时辰，他们怎么可能就到了草原上？众人困惑不已。

楼毓猜测，这一切很有可能是幻象，但抬头所见的太阳总该是真的，能够用来判断方向。

她领着众人朝北方前行，身上的伤口因为没有及时清洗用药，已经化脓，疼痛难以抑制。在没有水和食物补给的情况下，走了不到一个时辰，众人的体力就已经支撑不住。

"将军，我们是不是走不出去了？"当有第一个人开始这么问的时候，就说明军心已经不稳了。

几十双眼睛望向楼毓，戴着半边面具的年轻将军第一次无言以对。她完好的左手握着匕首，背在身后瑟瑟发抖，面上却不露一分端倪，屹立如松。嘴唇在日光的曝晒之下，变得干裂，鲜红的血渍在墨色的衣袍上干涸，水分蒸发之后，杀戮的气息依旧残留。她声音嘶哑："继续赶路。"

问话的人把头颅低下去，不敢再说话："是。"

太阳落山后，四周变暗，天幕从一角开始逐渐染成钴蓝色，好像一块巨大的布帛掉进染缸中，一点点被染料浸润。

草原在众人的眼前消失了，群山的轮廓开始慢慢显露，他们又回到了昨夜的山林之中。

白天所见，果然是幻象。

听见溪涧声，众人找到水源之后，似乎在绝望之中感受到了一丝希望。

但这一丝希望很快又被残酷的现实所掐灭。

每一个日出日落，楼毓都用匕首在袖口上割一道划痕，用来记载时间。如此已经过去七日，他们经历了无数个幻境，有时是置身沙漠，有时是孤岛或者草原，突然间大雨滂沱，又忽然被烈日炙烤，甚至转眼间鹅毛大雪纷纷而至，冻得人失去知觉。只有晚间的时候，幻境消失，他们会回到坡子岭中。

所有人七日未进食，楼毓一直担心的事情，终于发生了。

两个叶岐战俘体力不支饿死之后，有人向她请示，是否可食人肉。

她道："不可。"

可她也知道，这时候，活下去，是人最原始、最本能的欲望和渴求。

当楼毓夜晚在溪涧旁看见两具新鲜的骸骨，草丛上还摊着血淋淋的人皮时，长时间没有进食的胃中一片翻腾，隐隐作呕。

她大发雷霆，把始作俑者揪出来严惩了一番。

之所以在人前动怒，是为了狠狠告诫众人，她明白，这只是开始，并不意味着结束。人连最起码的底线都丧失了之后，无法想象接下来还会发生什么恐怖的事情。

比现在所处的环境更恐怖的，是人。

今日他们吃倒下的俘虏，明日或许就会生剐剩下的叶岐兵，再然后是自己人，互相残杀和谋害。楼毓若不加以阻止，后果不堪设想。

再过五日后，队伍中的叶岐人只剩下八个，其余的无故失踪，大家心知肚明。

楼毓恐怕已经是生存者当中，唯一一个还未吃过一口肉的人。她身负重伤，疮口溃烂发炎，高烧不退，死死吊着最后一口气，强弩之末而已。她再经不起半点风吹草动，也无力再命令任何人。

如今她其实是人群中最危险的那个，因为只有她还在坚守底线，而身边围绕的是一群丧失了心智的野兽。

楼毓不得不时时保持着警惕，她不再跟任何人说话，下属前来禀告，她便用凶狠的眼神吓退他们，不得靠近。

翌日天明时，天空再次奇异地飘起了大雪，眼前浮现出一座座冰川。脚下积累的厚雪仿佛永远不会融化，寒冷的风从衣袍中灌入，入侵五脏六腑。

楼毓发现，她动不了了。

她再没有一丝力气站起来，四肢好像被人斩断，毫无知觉，只有意识还是清醒的。

她靠在一根巨大的冰凌上，面具上覆满了飘落的雪花，眼睛茫然地注视着白茫茫的前方，失去了焦点。她心里想着，这次可能真的回不去了。

脑海中又浮现出楼渊的身影。

"阿七，阿七……"她嘴唇动了动，艰难地喊了两声，喊完之后倏然想起，楼渊现在正在千里之外的京都幕良，他已娶了娇妻，自己与他之间，已经没有可能了，是他不要她的。那她便，也无须再留恋了。

到头来，世间竟没有什么好挂念的，她就这样活了二十来年，好像平白走了一遭。

等等——

楼毓脑海中突然又冒出一个人，周谙。

他说，我等你回来。这话平淡，自那人口中说出来却好像很深情。被人等着，也是件幸福的事，好像还没有人这样等过她。

楼毓忽然有点后悔，为什么没有给他妄生花的解药呢，这样即便她死了，那个在尘世间唯一等过她的人却能够活下去了。

待到毒解了，周谙那一身七七八八的病，多加调养，总有一日会好。他也许会长命百岁，日后儿孙绕膝，一辈子活得幸福美满。

越来越多奇怪的念头从脑子里涌出来，就像天空中簌簌而下的雪，仿佛要淹没她，淹没万物。

众人见楼毓静坐不动，当下起了歹心，前来询问："将军……"

楼毓睁开眼睛，鹰隼般的目光凌厉地从他面上扫过，却不说话。询问者见状心下一喜，猜测她多半没了力气，只是又不敢轻举妄动。若他们能从这里走出去，日后楼毓也不会轻饶他们，不如趁现在，把这个隐患彻底解决。她虽然是将军，但此时，不过如一粒草芥。

"将军……"

楼毓依旧没有说话，她知道这一劫逃不过去了，静静等待着死亡的降临，等待对方手中的刀划破她的皮肉。

她没有战死沙场，最后竟要被困死在临广的一座小小山岭中。

预料中的疼痛没有袭来，面前忽然闪过一个白色的人影，几乎要与白雪融为一体。他早有预谋般，踢倒两人之后，背起楼毓就跑。

一黑一白两个身影交融在一起，片刻间消失于大雪之中，不见了踪迹。

楼毓又闻到了熟悉的药香，她无意识地喃喃："周谙……"

背着她的人脚步一顿，扭过头来看她，温声宽慰她："阿毓，再坚持一下。你一直很坚强，这次也不要让我失望。"说完他加快了脚步，找到一处港湾躲避风雪。

苍茫的雪地上，那一行脚印转眼间便被遮盖，好似没有人的踪迹。

楼毓陷入昏迷之中，所有的一切都是冷的、痛苦的。沉重的意识里，她本能地想要拒绝这一切，不愿意醒过来，耳边却有人在不断地叫她的名字，带着劝哄的意味，坚持不懈。

让楼毓觉得烦。

涣散的神志慢慢回笼，她竟感受到一丝暖意，下意识地朝温暖源靠过去。

周谙看着她这无意识的动作，不由得笑了笑，再一次抱紧了她。他又给她喂了一次药丸之后，瞳中露出了坚定的神色："我不会让你死的。"

即便眼前所见之景，只是幻境，但倘若一生之中有过这样一次经历，大概一生都无法忘怀。浩瀚的雪原上，只有她和他，相依为命。

楼毓再次醒来时,已经入夜,冰天雪地的幻境消失,她依旧被困在坡子岭。离她不远处架着一堆火,在熊熊燃烧着,猩红的火苗在眼中跳跃,让人一时分不清是真是假。

她过了几秒才反应过来,自己靠在另一个人身上,和他相互依偎着,属于他的体温正源源不断地传递过来。

楼毓缓缓抬头,看见了周谙熟悉的脸。

鬼使神差地,她抬起左手,轻轻抚摸他的眉眼。手上皲裂的粗粝疮口,很快扰醒了周谙,楼毓还没来得及把手收回去,他已经醒了。

周谙愣了愣,反手握住她。

"我还活着?"楼毓声音喑哑地问。

"对,你还活着,现在所见的一切都是真实的。"周谙抵着她的额头,有种劫后余生的喜悦和庆幸。

他拿过身边的酒囊,把里面的羊奶一点一点喂入楼毓口中,连胃里也渐渐暖了起来,四肢也不知在什么时候恢复了知觉,她迟缓地感觉到一阵又一阵的痛袭来。

倘若不是身边还有一个人,就真的熬不下去了,楼毓想。

周谙见她神思恍惚,以为她还在担心,安慰道:"这一处山洞很隐秘,你的那些部下应该找不过来。再者,他们互相残杀,指不定已经全死了。"

楼毓却反问他："你怎么来了？"

周谙往火势渐弱的火堆上加了一根枯枝，忽明忽暗的光映照着他无瑕的脸，眉眼中隐隐透着的青灰越发严重，让楼毓想到山谷中快要凋零的白梅。

他身上的妄生花毒已经浸入骨髓，再不解毒，恐怕命不久矣了——这或许就是他出现在这里的原因。

周谙怎么会不明白她心中所想，倏然冷了声音："我救了你，你醒后的第一件事便是猜疑我，阿毓，这就是你对待救命恩人的态度吗？"

"甘愿委身下嫁于相府，扮作周玄谦参军，千里迢迢来到我身边，你做这些努力，难道不是为了解药吗？"楼毓扯了扯嘴角，笑容讽刺又轻蔑。

周谙被她的笑激得一怔，如有雷霆落于心上。

偏生，她说的却又是真的，让人无言以对。

沉默在无声无息地蔓延。

辽远的夜空之上，闪烁的星子和月亮遥遥相对。火光照亮了这个并不宽敞的山洞，凄厉的山风偶尔席卷而过，像幽居的山鬼发出的悲鸣，仔细听来，让人毛骨悚然。

良久，周谙拨弄了两下树枝，问"什么时候发现，周玄谦是我？"

"从一开始。"

"为什么？"周谙不解。

楼毓点了点鼻尖："味道，你身上的味道瞒不过我。那夜在军营，你扮作小兵与我初见时，我便起了疑心。"

"竟是在这里露了马脚。"说完他自顾自地淡淡笑了一声，"原来你与我已经相熟到这种地步了，你居然连我身上的味道都记住了，我真是——受宠若惊啊。"

明明是十足十暧昧的话语，盘旋在两人之间却只剩冷寂的秋风，灌入洞中来。

不远处有岩石滴水的声音，楼毓侧耳听着，在心中一下一下数着，寂寥地打发时间。天亮以后，外面的浓雾散开，他们不知又要经历怎样的险境。她的灵魂仿佛飘浮在半空中，看着自己的生命如坠落的水滴般逐渐逝去。

怀中还揣着那一把从不离身的匕首。

楼毓把匕首掏出来，放在火上烤了许久之后，手柄上镶嵌的一颗琉璃珠子自然脱落于掌心中。她左手五指用力一捏，珠子碎裂，好似糖衣被剥落，只余里面一粒丹红的药丸。

周谙久觅不得的妄生花解药，就在眼前。

楼毓交予他手中，口中哈着寒气："解药给你了，你我到此为止吧。你不必再跟着我了，不管虚情假意还是真心，统统收起来吧周谙，我都不要。"

"你在心中，便是这样想我的？"周谙问，"我所做的一切，都只是为了这一粒解药？"

楼毓的眼睛望着洞口幽暗的月光，心想你再不走，天又要亮了。到时候我们俩，一个伤患，一个病秧子，到底是谁拖累谁呢？想到这里，心肠难免又硬了几分。

"你走吧！"楼毓道。

阵阵跫音远去，如同秋叶被风吹散，很快，那个雪白的身影在楼毓眼中变成一团模糊，像是起了雾。

楼毓认命地垂下眼帘，面前的枯枝烧尽了，再过片刻就会熄灭。周谙一个人，走出去的概率应该大很多了，他应该能活下去吧？自己什么时候变得如此仁慈了，到了如今这般地步，居然还记挂着旁人的生死。

恍惚中,刚消失了的脚步声再次响起,越来越近。

楼毓惊诧地朝着声源望去,本已经走远的周谙复又出现在她眼前,手中抓着一把草药,倏地弯腰凑过来:"怎的这么望着我,不认识了吗?阿毓……"

"你……"

"我没有走。你赶我,我也不会走。"他捏了捏楼毓的下巴,分明看准她此刻没有力气,要占她便宜,登徒子般勾着薄薄的唇调笑道,"我这人,除非是自己心甘情愿的,否则别人还勉强不了我。"

不待楼毓反应,他便松开了手,仿佛没事人一般,神色自若,再添了一把柴火。借着火光,他把采来的草药用石头细细捣碎。

"为什么要回来?"楼毓不解地问。

周谙靠过来,一层一层替她脱了外袍和内衫,雪白的背脊暴露在带着寒意的空气中,他嗓音冰凉:"你我既然拜了堂,我现在做这些,于你的名节也无碍,你无须介意。"

他存了心要气一气楼毓,用手指将草药敷在她的伤口上,不忘嘲讽两句:"将军这满身的伤,可真精彩,还好你嫁了我,要是嫁了寻常人家的夫婿,可要把别人吓着了。"

药汁渗入伤口，楼毓疼得一颤，满脸煞白，忍痛咬紧了下唇，无法言语。半响，她从牙缝中挤出一个个字来，固执地问："为什么要回来？"

漆黑的瞳孔中映着周谙狭长精致的眉目，听他幽幽问道："你除了问我，为什么来这里，为什么要回来，可还有别的什么话要对我说？"

楼毓额头上有大颗大颗的汗珠顺着脸颊滚落，药效上来，她尚且还能动弹的左手握紧了身下的枯草。周谙见状，终究不忍，替她包扎完右臂的伤口，弯腰倾身过去："痛的话，就咬我。"

楼毓无动于衷，面具下的眼睛始终倔强地望着他。

周谙无可奈何地叹了口气，忽而拥住她。

他似是妥协了，声音中掺杂了太多复杂的情绪："你就不能想我点好的？比如——我对你动心了，爱上你了。找你，救你，回来，都是出自真心。"

楼毓更多的是迷茫："对我动心？"听语气，似乎很难相信会有一个男人寄情于她。

"阿毓，你不知道自己有多好。"

满满的感慨和怜惜在深夜中织成了针脚细密的网，于无形中笼罩在楼毓头顶，困住了她。她嗅着周谙身上温醇淡雅的药香，神经渐渐舒缓，莫名地放松下来。

火堆里噼里啪啦，蹦出几点火星子。山洞深处传来水滴的声音，宛如时间在一点一滴流逝发出来的动静。

"怎么不说话？不会是吓傻了吧？"周谙打趣的声音从头顶传来，身体挨在一起，楼毓能感受得到他说话时胸腔微微的震动。

这个拥抱持续了很久，他一直没有松开。

周谙顾及她身上的伤，并未抱得有多紧，却像一道不容挣脱的桎梏。

楼毓的下巴搁在他肩上，一动也不动，迷惘地眨着眼睛看向洞口，外面的月光浅浅地漏了进来。又听周谙道："挑这个时机告白，果然是最好的。"他声音有些得意，"你便是不愿意，也不能奈我何。"

乘人之危，还如此理直气壮。楼毓不气，反倒有些想笑，被他搅乱的一池心绪，此时更加理不清。

其实，她现在还有左手能动，能持匕首。只要她愿意，此刻若要乘人不备取人性命，还有五成概率可以办到。可是她没有，经历了十多天的绝望之后，有一簇希望的火光被送至眼前，她不想也不愿意熄灭它。

她被熟悉的药香抚慰，任由自己靠在周谙肩上。

这对楼毓来说，绝对是一种前所未有的新鲜感觉。从未有人，给过她依靠。幼时还在临广流浪时，楼宁教会她的就是独自生存。想尽一切办法，活下去，不要试图去依赖任何人，哪怕连至亲也不可以。从生下来便被父亲抛弃，跟随母姓的孩子，又以男人的身份存于世，还能妄想着依靠谁呢？

即便当初全心全意信赖着楼渊的时候，她也没有想过，要依附于他。

周谙于她，虽有夫妻的名分，但他们心知肚明，那场亲事有多荒唐。仔细深究起来，他们也不过是认识不久的陌生人。她身上藏了多少秘密，周谙身上也就藏了多少秘密。

像是凭空冒出来的人，能有多可信呢？可这时，楼毓却不想再管那些，就放任一次，跟着自己的心走。好像长途跋涉的旅人，在半路遇到茶棚，坐下来歇一歇。

楼毓靠在周谙身上，眯着眼睛打了会儿盹。

半梦半醒间，楼毓想起天亮之后坡子岭又会陷入迷障之中，到时不知又会面临怎样的险境，忽而就睡意全消，她猛地坐起来，不慎牵扯到右臂上的伤口，痛得"嘶"了一声，又瞬间倒回了周谙身上。

周谙被她这么一折腾，顿时也清醒了，扶住她问："怎么了？"

楼毓的目光还望着洞口。

"这地方闯进来容易，走出去难如登天。你昨天也见识到了，一会儿冰川，一会儿雪原的，天亮之后又不知道会变成什么样子了，那时候想要再走出去，就更难了……"

"走出去是难，可谁说一定要用走的？"周谙反问她。

手指触碰到楼毓额头，烫得灼人，周谙一颗心又提起来，心想怎么又烧起来了？楼毓脑袋昏昏沉沉，自己反倒不在意，依旧惦记着生死攸关的大事："不用走的，难道还能飞出去？"

周谙挑了下眉，没有否认。

"天一亮，就会有人从天而降，接我们出去。你现在只要安心养伤就好了。"

楼毓头更晕了。

她无从分辨周谙话里的真伪。

周谙没有骗她，洞口墨一般浓重的夜色逐渐消散之后，外面传来了寻人的动静。那声音遥遥响起，仿佛从半空中传下。

周谙背着楼毓从洞口出去，楼毓的高烧反反复复，她强撑着一口气，昏过去之前，费力睁着眼睛，似乎看到云层和朝阳的霞光下，有人乘着木鸢盘旋于万丈金光中。她忽而没有由来地想起当朝已薨逝的太子归横，那个她在话本里听过无数次的天才少年，五岁精通机关偃术，十二岁身患癔症，自焚于东宫，令世人惋惜。

想着想着，黑暗如凛冽的山风席卷而来。

◆ 第三章 春风不度玉门关

- 壹 -

楼毓从小是被楼宁虐着长大的：下雨上屋顶补瓦，磕着碰着自己敷草药，掉池塘里努力爬上岸，被人贩子拐了自己跑回来顺带去衙府报个案……她能安然无恙地长大，可见命有多硬。

多少坎儿都爬过来了，这次却栽了，不如以往幸运。

一连许多日的昏睡中，她觉得自己在油锅中被翻来覆去煎了又炸，梦中还在经历坡子岭中寒冬酷暑的煎熬，时冷时热，夜里连睡也睡不安稳。

再醒来时，不知今夕何夕。

楼毓躺在床上，听见一阵嘈杂的声音，像棒槌捶衣的动静，哗哗流水声中，还夹杂着妇女响亮的嗓音。

一片空白的脑中，渐渐浮现出了之前的记忆。楼毓想起自己昏迷之前，还被困在坡子岭。眼睛打量这间简陋的屋子，这是真实的吗？还是迷雾产生的幻象？

还有，周谙呢？

想到这里，她掀开身上缝了补丁的被子，准备下床，双脚却一软，径直栽下地，顺带打翻了旁边盛水的铁盆。

丁零当啷一串响，登时满地狼藉。

外面的人闻声赶来。端着一木盆衣服的妇人推开门，看见摔在地上，半晌爬不起来的楼毓，着急地过去扶她。

"哎呀，周家娘子，你可算是醒了，今日赶集，你家相公去集市给你买新衣裳了……"

楼毓身上湿答答的，才清醒的脑子又开始疼起来，她目光迷茫："我家相公？"

妇人拿出干净的衣衫给她换上，一边忙着清扫满屋子的东西，一边回她:"是呀,你家相公。"

好像陷入瘴气之中,怎么也理不清思绪,楼毓心中越来越急,猛地咳嗽了起来。手指忽而擦过脸颊,她骤然察觉到什么。

她双手再去摸——后知后觉地发现,她脸上的面具不见了。

她又下床去找镜子,全身酸软无力,还未恢复,几乎连滚带爬地攀上了窗边的矮几,又把妇人吓得魂飞魄散。

"姑娘你这是做什么!快回去躺着!"

楼毓十指紧抓着铜镜边沿,死死盯着镜面映出的人影,无一分血色的惨白面容,已然乱了分寸,额头、眉目、鼻梁、嘴唇、下颌,再没有一丝东西遮挡。

她手一松,镜子哐当碎了。

妇人的心也碎了,家中唯一的一面镜子惨遭毒手。

周谙还未进门,就听见屋里的动静。他手上提着几包药材和吃食,刚跨入门槛,就见楼毓瘫坐在地上,不知在想些什么。妇人在旁边拉扯她,哭哭啼啼的,楼毓冷清的眉目间一片灰暗和凛然。

周谙心中一怔,飞速放下东西,腾出了双手去抱她起来。

楼毓双目渐渐回神，看清是他，是自己相识的人，似乎又多了点信任："周谙？"

"是我。"

妇人蹑手蹑脚地跟在旁边解释："周家公子，你娘子醒了，不知怎的就抓着我家镜子不放手了，还把镜子砸了。"嗓音听上去尖锐且聒噪，叽叽喳喳的，像一窝麻雀。

周谙回头，平静的脸色却透着一股慑人的戾气，妇人遽然间噤声，后面还有大串抱怨的话噎了回去。

木门吱吱呀呀唱折子戏一般地被关上，妇人走了，陡然恢复了满室的寂静，只剩下楼毓和周谙两人。

楼毓已经冷静下来，脑海中浮光掠影般闪过许多念头，她注视着周谙，企图从他眼中得出答案。

"这是哪里？"

"琅河村，临广边境的一个村落。"周谙不动声色地替她把脉，察看她右肩上最深的伤口，果然又裂开了。

楼毓一步步问下去："我们从坡子岭出来了？"

周谙点头。

楼毓一把甩开他的手，怒道："那我为什么现在会在这个鬼地方？我的三万大军呢？"

绷带上逐渐渗出鲜红的颜色，周谙按住她。

"他们班师回朝了。"

"那我呢？"

周谙眸光复杂，以往总是含笑的眼睛黯然："你……他们以为，你死了。"

楼毓被困坡子岭近二十天时间，大军虽已大获全胜，叶岐俯首称臣，但迟迟没有楼毓的音信，大军群龙无首，军中胜利的喜悦很快被冲淡。一连多日无望的等待之后，孝熙帝的圣旨抵达临广，命众将士班师回朝，余下一队人马继续搜寻楼毓下落。

不久后，孝熙帝便昭告天下，楼毓已死，葬于坡子岭中，一代少年名将就此陨落，举国大悲。

此事沸沸扬扬在民间流传了几日，一时间茶楼酒肆中都是这则传言，但没过多久，便淡了下来。

"皇帝下旨，说我死了……"楼毓听周谙说完，喃喃。

"现下兵权已经移交，左翼前锋统领被提拔，顶了之前你在军中的职务。"

周谙简单几句,楼毓却嗅出了山雨欲来风满楼的味道,这是要变天了。自建国以来,皇权与世家相互制衡百年,到了孝熙帝这一任,终于忍不住要打破这个平衡了。

楼毓出身楼家,年纪轻轻手握兵权,在皇帝眼中,定是最好把控的那个,先拿她开刀再好不过了。

"从坡子岭出来,你伤势太重,不得不找地方休养,再拖下去你这条右臂就废了,不得已找了这个僻静闭塞的村落先住下来。"周谙解释道。

"我的面具呢,也是你摘的?"

周谙向她坦白:"你若戴着面具,实在太过惹人注目。不如摘了面具,你我扮作一对夫妻。"

"你……"

楼毓本欲发火,扬起的手,又缓缓放下去。

周谙脸上挂着人畜无害的淡笑,哄她:"莫生气了,你睡了这么多天,我每天上山挖药,费了许多工夫才将你这条命救回来,你定要好好珍惜。"

楼毓目光怔怔的,长长的睫毛颤了颤。少顷,她低低道:"你容我静一静。"说完又顿了顿,"你摘了我的面具,我不怪你,谢谢你。"

她这个反应,着实叫人出乎意料,周谙反倒放心不下。他忍不住伸手,替她顺了顺放下的长发:"你先歇一歇,我去替你煎药了,有事就叫一声,我就在外边听得见。"

楼毓无声地点了点头。

她躺下来,望着头顶的房梁和瓦砾,胸膛被涌上来的酸楚湮没,沉重的无力感如潮水般把她包围。

在天下人眼中,楼毓,已经死了吗?

远在京都幕良的楼宁会如何想,还有楼渊,他们会相信这个消息吗?会伤心难过吗?

晚饭时,妇人按照周谙的吩咐做了满桌子的菜。借住的这家有四口人,一对夫妻,两个七八岁大的男孩,大的总是怯生生又好奇地偷看楼毓,小的那个则盯着对面菜碗中的肉,咽着口水。

六人围着火炉,沉默地进食,屋内暖烘烘的。

楼毓食不甘味,又不知盯着哪处出神,低头发现碗里又堆起了一座小山。周谙的筷子还欲伸过来,再往上盖了一片薄薄的肘子肉。

"多吃点。"他说。

楼毓置若罔闻，视线投到眼巴巴望着自己的小孩儿身上。周谙一筷子一筷子夹给她的菜，被她尽数投喂给了小孩。

妇人惶恐，打算叱责小儿子贪吃，话还没说出口，又瞥见楼毓冰雪容颜上寂静威慑的眼睛，吓得一抖，什么话也说不出口了。

一顿饭总算相安无事地吃完。

今夜没有太大的风，温度也不算太低。楼毓闷在屋子里太久，执意要出去看看，周谙替她披上大氅，便扶着她出门。

小小的村落，四处袅袅炊烟升起，萧瑟的秋风刮来，很快把浓烟吹散。

"我们什么时候能够离开？"

"等你把伤养好。"周谙含糊道，"你现在连行走都不便，半边胳膊还未恢复，双手拿枪都成问题。"

楼毓眼神一凛："我单手也可以杀人。"

周谙笑望着她，手指梳理着她被风吹乱的长发。

"阿毓，心中戾气这么深，不利于养伤。"

楼毓避开他的手，哼了一声。

两人并肩而立，前方宽阔的稻田被收割完，剩下堆砌的秸秆。

半山的枫叶被染红，远远望去，好像凶猛的火势在半空蔓延，绵延不绝。

牵着牛的牧童、背着锄头的人，陆续从小道上经过。谁家窗户口传出了笛声，一阵悠扬，天也越来越暗。

楼毓不宁的心绪倏然平静了些，这两天她总是毫无征兆，突然间就想起楼宁。幼时的自己被她带在身边，混迹于临广的闹市街头，那些远去的岁月又重回心头，好像山间火红的枫叶在心上燎原。

"你听说过临广苏家的六爷吗？"楼毓忽然问周谙。

周谙还未回答，她又兀自地补充说："他是我的生父，是楼宁最爱的人。可他不要我，也负了楼宁。"

这么平静且波澜不惊的话，周谙却从中听出了憾恨。她墨黑的发和身上的白色大氅翻飞，消瘦的身影仿佛随时可能随风而逝。见惯了那个从容的、乖戾的、张扬的相爷和少年将军，眼前这个女子，叫人心疼。

"他叫苏清让，我……并不恨他。"楼毓转而看了周谙一眼，意有所指，"周谙，你服下的那粒妄生花解药，是当年楼宁用半条命换来的，可惜苏清让没有等到，便宜了你。"

"你后悔了吗？"

"什么?"

"把唯一的一粒妄生花解药给了我,你后悔了吗?"

楼毓摇头:"那药对我来说并无多大的用处,不如救你,不然,你又如何活下来救我?"她把自己说得自私自利,困在坡子岭时却未想这么多,纯粹想让周谙活命罢了。

周谙牵住她的手:"那我们便一起活下去。"

"……你难道不介意?"

"为何要介意?无论出于何种目的,你终归救了我。阿毓,我对你,只有感激,不会有怨恨。"他说,"真正喜欢一个人,心是满的,没有余地来装下恨了。"

楼毓双眸中透出一丝困惑和迷茫,喃喃低语:"真正喜欢一个人,就不会去恨了吗?我一直不懂,楼宁那么喜欢苏清让,最后为什么又同意入宫呢?她是要报复苏清让,还是折磨她自己?若真是身不由己,当初孝熙帝看中她时,她大可一走了之啊……"

"或许她是为了你。"

楼毓脸上的神情一寸寸皲裂,仿佛听到了一个天方夜谭的答案"为了我?"

这么多年,楼毓百思不得其解的答案,如气泡一般被周谙戳破了——

"天下之大,她能一走了之,或许是为了你日后能够出人头地,不受任何人约束,有能力保护自己,她推着你走到了丞相的位置上,走到了今日。"

夜里,楼毓辗转反侧,迟迟无法入睡。

借宿的这户已经算是琅河村中富裕的人家,床榻上的被褥是周谙花了银两让人新弹的,棉花松软暖和,楼毓躺了许久却依旧冷冰冰的,身上的暖意反而退尽了,双脚似寒冰一般杵着。

隔壁传来低低的说话声,过一会儿就停了,紧接着门开了,周谙走进来。

他们对外宣称是夫妻,主人家便只安排了一间房。楼毓昏睡的那些日子,两人同床共枕也不觉得有什么,如今她醒了,多少有些不自在。

然而不自在的只有她一人,周谙怡然地褪了外衫,便坐上了榻。头低下来,离楼毓只有毫厘之距,见她眼睛仍睁着,温声问:"怎么还不睡?"

楼毓反问他:"你今晚准备睡这儿?"

"不睡这儿还能睡哪里?阿毓难道要我出去露宿到天明吗?"周谙问。

楼毓差点就要点头,却被他制止:"我是你八抬大轿娶回来的,你便这么对我吗?"后面还有委屈控诉,"你昏迷这些日,我衣不解带地照料,夜里还要起身喂两次药,怕你冻着怕你冷,又怕焐得太热你踢被子,现在醒了,我就是这个待遇?阿毓,你的良心呢,还在不在?"

楼毓往里边挪了挪,言简意赅:"上来。"

周谙不动。

楼毓主动掀开被子一角:"上来。"

周谙露出一抹笑,吹熄了烛火,躺在了她身边。

黑暗中两人静躺着,手臂虚挨着手臂,衣衫贴在一起,却没有实际的接触。楼毓先前一个人躺着乱动,这会儿挺尸,夜里没有一丝月光,窗外呼啸的风声灌满了斗室。

周谙转了个身,面向楼毓:"睡了吗?"

楼毓没有说话。

被子下面悄悄探过来一只手,摸了摸她指尖,似是看她冷不冷。

随即整个人贴过来,箍住了楼毓的腰。

楼毓下意识往后一退,贴上了墙壁。

低低的笑声响起。

"不是睡了吗?"温热的气息靠得过于近了,显得咄咄逼人,让楼毓感到压迫。可他身上的药香和温度,却不知不觉中诱人,像和煦的春风。

她头再往后一缩,就快要撞上墙,一只手忽地垫在了她脑后,周谙道:"不闹你了,乖乖睡觉吧。"

"两个人抱着没那么冷。"他揶揄,"前些日子抱着你睡惯了,你不能等我习惯了,又打破我的习惯。"

都是谬论!楼毓想,却没有再推开他。

两个人抱在一起,确实很快就暖和起来。深秋的夜里,就好像突然有了依靠,心里没那么空了。

熟睡之后,楼毓冰冷的双脚无意识地抵在周谙的小腿肚上,蹭了蹭,努力汲取温度。周谙无声地笑了笑,把人搂得更紧了。

翌日天气转暖,是个好天气。楼毓看见河边有许多洗衣的妇女,忽然抓起袖子,闻了闻,有股淡淡的皂角清香。

周谙被她这个小孩子气的动作逗得一乐,走过去,问:"怎么了?"

楼毓又嗅了嗅自己的头发,道:"我想洗个头。"

琅河村妇女洗头的方式彪悍,直接蹲在河边,把一头秀发垂入河水中。到了楼毓这里,周谙却不答应了。

"我妻子大病初愈,右臂还未完全恢复,凉水洗头容易寒意袭体,要是又感染了伤寒怎么得了。"

于是趁着日头,架起柴火,烧了桶水,兑好合适的温度,做好准备工作。

楼毓坐在院里的藤椅上,披散着头发。周谙想了想,差这家的大孩子搬来一把竹藤椅。

竹篾冰凉,他找床薄毯铺在上面,朝楼毓道:"躺上来。"

楼毓在相府当惯了大爷,心安理得地躺在藤椅上,头伸出来一些,长发如海藻般垂下,在空气中荡了荡。

周谙先替她梳顺,细软的发丝缠绕过指尖,竟让人觉得爱不释手。拿着瓢瓜舀水,浇灌下去,他问楼毓:"舒不舒服?"

"尚可。"

他笑:"怎么这么挑剔。"

楼毓又哼了一声。

秋阳浅浅打过来,她闭上了眼睛。

这家的两个小孩趴在院里屋檐下的柴堆上,两双眼睛滴溜溜地打量他们,圆圆的脑袋动也不动,看得入神,大概是从小到大还没见过这样大爷似的洗头方式。

惊诧和好奇的不止俩小孩,还有大人也一样感觉到不可思议。从门前路过的人,不论男女老少,皆要回头多看几眼。没过半天琅河村里就传开了,金家借宿的那对夫妻如何如何恩爱,丈夫对妻子如何如何体贴。

楼毓和周谙没有想到的是,过了两天,居然迎来了几位媒婆上门。

"孙家的闺女正值豆蔻年华,模样俊俏,踏实肯干……"

"陈家的大女儿也合适,虽说年纪稍微大了那么一点,胜在性子软,体贴人,娶了她一辈子享福……"

"还有,还有……"

楼毓坐在一旁听着,手中拿着卷书,日光从窗扉漏进来,深深浅浅地落在字里行间,她还有心思拿笔做两行批注。

周谙不如她这么清闲,脸上扬着笑拒绝:"不用不用,一来我家娘子生得俏,我还未曾见过比她貌美的女子;二来她善解人意,有她做知己,是我的福气。虽说有时性子冷了点,但我慢慢将她焐热了就是……"

"劳您费心……"

"多谢您的好意……"

周谙把这些人请出门去,还有吵吵嚷嚷不甘心的声音透过门缝灌进来:"周公子,你娶了我家女儿不会亏的!稳赚!"

楼毓听见这话,终于"扑哧"一声笑了出来。周谙进门,对上她笑意盈盈的眼睛,为那笑容怔了一怔。

"方才那般费心的推拒总算不亏。"能换你真心实意的一笑。

"你若是觉得亏了,可以反悔,那些媒婆还未走远,你可以追回来。"

"那我去追了?"

"去吧。"

"不留我吗?"周谙看似失望至极,目光黯然。

"不留。"楼毓的视线收回,又落到书上。

脚步声走远,周谙出了屋子。约莫过了半炷香的时间,他又端着药碗进来。楼毓闻着那股味道，皱起了眉，十分嫌弃道："你怎么还在这儿？媒婆呢？"

周谙叹息："每日忙着煎药，哪还有空找媒婆。"

楼毓苦大仇深地望着那碗黑漆漆的药汁，她这么能吃苦的人，嘴上不说什么，胃里却已经犯恶心。

"这药要喝到什么时候？"

周谙说着风凉话："那得看你什么时候能好。"

楼毓眉头都快皱成一个疙瘩，屏息，端起药碗，一口气灌下去："我要是好了，就要走了，到时候你待如何？"

楼毓问："跟我一起走，还是回你该回的地方？"

琅河村入冬时，楼毓的身体恢复了大半。

她窝在这方靠山的小村庄里，与外面的世界隔绝，山旮旯里飞不进任何消息。即便外边变了天，这里还保持着柴门闻犬吠的宁静，好像再大的浪潮，也涌不进这里来。

天一变冷，出去走动的时间都被周谙限制了。楼毓每日坐在炭火盆前烤火，抿一口小酒，还未尝出味道，手里的酒杯就被抽走了。周谙怕她闷，从各家买来地瓜干、枣糕之类的零嘴，楼毓吃得少，大半便宜了两个小孩。

炉子上架着水壶，咕嘟咕嘟煮水，慢慢煮到沸腾，用来沏茶再好不过。

白雪往下落时，窗外只听见簌簌的声音。田野山林间，没有了人的踪迹，鸟兽也不再出来觅食，只有层层银白覆盖下来，落满整座村庄。

楼毓在这里度过了最悠闲的一段时光，偶尔也生出懦弱的情绪，想着或许在这里待一辈子也未尝不可。

但这个念头只是从脑中闪过，就被她驱赶出去。

人都喜欢贪图安逸，趋利避害，满足于现状。可她不能，她还要回京都幕良，那里还有她牵挂的人，她更不能让自己悄然在世人眼中死去，死得不明不白。

手臂恢复之后，楼毓开始在院里练武。小孩儿捡给她的树枝，被她拿在手中比画，鞭笞着空气中的寒意，发出凛冽的声响。

干枯的枝丫好像在她手中回春，重新焕发了生机。满天飞雪中，孤绝的身影像一柄锋利的剑刃。衣袍与天地间的银白融为一体，积雪上烙下一个个脚印，枯枝化作了长枪，凌厉的招式惊着了屋檐下偷看的孩子。

两人齐齐把脑袋一缩,被削断的一根头发丝儿飘落在地。

周谙捧着热茶盅一言不发地看着,目光飘得很远,难得没有把人叫进来。

夜里两人照旧同床共眠,周谙忍不住一阵咳嗽,额头发热,楼毓拧来滚烫的热毛巾给他敷上:"这些天光顾着念叨我,自己倒着凉了。"

周谙笑了笑:"我自小在药罐里泡大的,这点风寒算不得什么。"

在相府时,楼毓每天清晨起床闻见厨房方向飘出的药草味,大喵、小喵扇着炉火,她心道那个病秧子真是麻烦。在琅河村住的这些天,她和周谙对调过来,自己弱不禁风,处处受他照拂,倒忘了他曾经吊着一口气也差点入了鬼门关。

"你……"她冷清的面容上露出一丝不自然的神色,撞进周谙瞳中,"你身上妄生花的毒可解了?"

后者听出她话里关怀的意味,笑弧勾起:"多亏了阿毓的解药,好得七七八八了。"

楼毓点头:"我说过,只要毒解了,你这一身乱七八糟的病多加调理，都慢慢会好。你自己懂医术，平时也多注意点儿。"

见周谙目不转睛地望着自己，楼毓不解地问："怎么了？"

周谙失笑："难得你嘱咐我这么多，顿时有些受宠若惊。"

"我平日对你很差吗？"

周谙重重点头，似控诉："尚可，偶尔有些冷漠。"

楼毓觉得好笑，周谙道："我们是夫妻，而且是共过患难的夫妻，无须你侬我侬，但你若能天冷时替我添件衣，空杯时替我沏一碗茶，我便知足了。"

楼毓扯了扯嘴角，往被子里缩了缩："那不如我休了你，你另取一位贤妻吧。"

周谙乐不可支，大笑起来，话里还带着点鼻音："那还是天冷时我替你添衣，空杯时我替你沏茶好了……"舒展的眉目如画，墨瞳如深潭，倒映着楼毓的眼，他情不自禁地轻抚了上去，"你这辈子，还是将就着同我过吧。"

屋外皓洁的月光映照着白雪，山间好像升腾起烟雾，把与世隔绝的琅河村笼罩在一片朦胧中。

周谙大约因风寒堵塞了鼻子，呼吸声比以往要重些，他似乎睡得很沉。

楼毓从床上坐起来，轻手轻脚套上了粗布复襦和氅衣。利落地收拾好一切，背上包袱，她静立于床头，看了看睡梦中的周谙。

几秒过后，她替他掖好了被子的边角，转身离去。

打开院里的柴门，漫天的风雪迎面扑来，身上的暖意片刻就消散了。她替自己戴上氅衣厚厚的连帽，以遮风雪，头也不回地走了。革鞜很深很深地陷进雪里，每走一步都显得艰难。前方的路看上去无比崎岖，翻过两座山后，会有一条官道。

无垠的天空悬在头顶，脚下的山河万里苍茫，她渺小如蝼蚁、如浮尘、如草木，却不能后退一步，只能朝幕良的方向勇敢前行。

- 贰 -

将近年关，繁华的京都越发热闹起来。一连多日的大雪并未打消众人的兴致，路旁的棚子里仍旧坐着满满当当的人，个个捧着手炉，闲得唠嗑。唾沫子横飞，被提及最多的，便是那位战死在坡子岭的年轻相爷。

当初谴责楼相暴戾恣睢，行事荒诞过于随性的文人们声声叹息，叹天妒英才，英雄也薄命，生前两次率兵大败叶岐，保卫过大好河山，最后落得埋骨他乡的下场……

等等，也不算他乡。

那楼相本就是宁夫人与临广苏家之子所生，说到底本就是临广人氏，葬在那处，也算魂归故里……

说到了宁夫人，唉，宁夫人也可惜了……

——嘘。

——嘘，小点声。

话题扯开了，便收不回来了，可有些话还是不能声张，被大街上巡逻的衙役听见了抓起来是要杀头的。

语毕，声音渐歇，顷然又聊起了别的。

老槐树上已经添了粉白的新袄。

庄憎雨携两个丫鬟刚从胭脂铺出来，在茶楼中歇歇脚。一楼大厅中的曲儿没听进多少，那些细腻婉转的调子回荡在一片喧嚷中，飘出了窗户，耳朵倒是装进去了不少闲言碎语。

庄憎雨靠着椅背，不由得出了神。最近楼府里压抑，好不容易今日出来散散心，她坐的是二楼临窗的位置，隔座的酒气飘来，又潮又闷，她便推开一线纸窗透气。

外边清冽的寒意丝丝吹进来，庄惜雨打了个哆嗦，被炭火熏得发昏的脑子登时清明不少。

视线倏然落到对街的一个人影身上。

那女子撑着一柄素花油纸伞，伞面被零星的细雪覆盖。再看伞下的那张脸，被氅衣连帽挡住了几分，欲遮未遮，遥遥望去，好似隔雾看花，只有那双冷清的眉目宛如剔透的冰霜，又美又冷。

如同天上仙，不似凡尘人。

静候在身边的丫鬟显然也看到了，暗暗感慨那女子真美，看那气度，不知是哪家的小姐。

庄惜雨看着那人影一路走远，进了琼液楼，想起什么，嘱咐丫鬟道："待会儿去琼液楼买两坛新出窖的酒回去。"

不知为何，楼渊最爱那一家的酒，她投其所好，总没有错。

说起琼液楼，也为众人所津津乐道。

庄惜雨记得，楼相薨的消息刚传到京都来时，琼液楼的老掌柜站在门口大声反驳，说是有人造谣，楼相年纪轻轻，怎会就这么去了！结果没过两天，皇帝的圣旨颁布昭告天下，确认消息属实，城墙上还张贴了讣闻。

琼液楼为此闭门歇业三天。

楼相死了,无人替他收殓尸骨,无人替他披麻戴孝,变成老少爷们儿口中的谈资,末了附上两声轻飘飘的叹息。待这阵风头过了,普天之下,还有谁记得他呢?

最后竟是老掌柜带着店小二出城门,沿着小道向南撒了一路的纸钱。

旷野的风啊,一路吹到临广去。

归去来兮,魂回故里。

这些事庄憎雨也是道听途说,不知真假。到了琼液楼门前,虽未进去,但她还是忍不住朝里望了望。方才瞧见的那位女子正巧也在买酒,照旧瞧不清脸,只见她从钱袋中掏了碎银出来付账,朝老掌柜微微颔首道:"多谢——"

那声音沁凉清洌,比寻常女子的嗓音娇俏活泼,音色低了一分,听起来十分沉稳。

庄憎雨正这样想着,丫鬟捧着酒坛出来了:"夫人,酒买好了。"

"那便回吧。"

马车在楼府门前停下，家仆立即迎了上来。庄愔雨被搀扶着走下轿凳，她问道："大人回来了？"

家仆恭敬道："申时不到，就从宫中回来了。"

庄愔雨又问了一连串问题，家仆都一一耐心答了："心情尚可，看不出是喜是怒。现下正在书房。只喝了两盅茶。"

庄愔雨亲自拿过丫鬟手中精巧的酒坛朝书房走去，游廊幽深，寂静中，她听见自己略微急促的步履声，泄露了她想要见到楼渊的急切心情。她低头看了眼怀中的酒，复又整了整衣襟，拾起掉落的矜持之态，不急不缓，迈着小步从庭院中穿过。

书房的一扇门敞开着，庄愔雨走了进去，望着端坐在桌案前看折子的男人，走近道："方才路过琼液楼，带了坛你爱喝的酒。"

楼渊并未抬头："暂且先放着。"

庄愔雨迟迟未动，也不曾离去，没有听见关门的动静，楼渊诧异地抬头，见她泫然欲泣，终于放下折子起身问道"愔雨，怎么了？"

庄愔雨心中的酸楚无处诉说，只摇了摇头，粉面上滑过泪痕。

"你也知道最近朝堂上的事多，等这一阵忙完，开春天气暖和了，我随你去那郊外住上些日子，你不是一直想去半山亭看桃花吗？"

三言两语的劝慰立即哄得庄愔雨喜笑颜开，她不敢相信："真的吗？"手指绞紧了帕子，神色期待。

　　他们夫妻二人自成婚以来便相敬如宾，也处得来，只是少了亲密。楼渊待人待事过于冷漠，楼相出事之后，他脸上的喜怒哀乐全都销声匿迹，平日里端着一张十殿阎罗似的脸，让人不敢靠近一分。

　　今日借着这契机，庄愔雨心中踌躇许久，道："我知你与楼相一同长大，如同亲兄弟一般，他……"

　　不知被话里哪个字眼戳中，楼渊瞳孔猛地瑟缩了一下，庄愔雨毫无察觉，继续善解人意地劝慰："他若在天有灵，见你若此，定会伤心……"

　　楼渊打断她："我知道。"不欲让她再说下去。

　　"酒我会喝，桌上还有折子没看。"他下了逐客令。

　　方才缓解的气氛，一时消散无踪，两人又陷入僵局。庄愔雨悄然打量楼渊，面如冠玉，星眉剑目，依旧是丰神俊朗的男儿郎，却宛如被覆上一层风霜。

　　不像生气，也不像动怒，面前照旧是让人捉摸不透的七公子。

　　"我提起楼相，让你心中不适？"

偏生庄憎雨还要这样问一句。

楼渊喝了口酒，辛辣压住从四肢百骸涌上的痛意："没有，她从来不会让我感到不适。"手指摩挲着杯壁上镂刻的祥云纹路，他缓缓地，朝庄憎雨露出一个淡笑，"夫人，面前折子还一大堆，你再叨扰下去，你相公就不得不宿在书房了。"

庄憎雨被他一句话说红了脸，哪还有心思管什么楼相，再叮嘱两句掩着门便出去了。

终于恢复安静，只余飞雪的声音，春日飞花般落满庭院。

头顶的青瓦动了动，像是谁家的猫从上面踩过，楼渊起先并没有在意。直到一片瓦被移开，屋外的天光和雪梨一同荡了进来。

楼渊蓦然抬头一看，房顶上携风而来的女子凉凉地看着他，冲他笑了一下，张口无声唤道："阿七——"

楼渊打翻了石砚，浓墨洒了满桌，一片狼藉。

再也顾不上其他，楼渊冲出去找人，楼毓就坐在屋脊上等他。楼府中人多口杂，楼毓不欲多说，朝楼渊做了个手势，两人一前一后疾速从树梢上掠过，来到楼府僻静的后山。

雪未消融，苍翠的山林上方如有团团云雾笼罩。

"以前总是你拎着琼液楼的酒来找我,这次想请你喝一回酒,却不想又被人领先了一步。"楼毓道。

楼渊望着面前近在咫尺的人,竟有恍如隔世之感,这才注意到她臂弯中抱着一个酒坛,想想方才他与庄憎雨在房中的对话,她在屋顶上必然也全听见了,心下黯然,又无从解释。

楼毓又道:"原来她叫憎雨。'共飞归湖上,青草无地。憎憎雨,春心如腻。'是个好名字。你与她成婚这么久,我今日还是头一回见她,按理来说,应该要给一份见面礼才对……"

楼渊面色青灰:"阿毓……"

"你还活着。"他于风雪中望着她,平素淡漠沉稳的嗓音有些颤,"我就知道,你一定还活着。"

楼毓一怔,眼中黯然,垂眸道:"我可是楼毓,哪那么容易死。今日来见你,只因恰巧路过楼府,你……不必多想。"

她一路马不停蹄地赶来幕良,还未进宫见楼宁,反倒先进了楼府,哪可能只是恰巧。如此紧要关头,她还想着要见一见楼渊的妻,平心头愤恨。今日总算如愿以偿,她坐在屋顶,挪开半片瓦,看楼渊和庄憎雨说话,心道原来这便是夫妻,刚才在琼液楼门前遇到的女子,就是阿七的妻。

想到这里，曾经以为会深深驻扎在心中难以根除的恶意的种子，也并未发芽成长，占据她的胸腔。灰心过后，反倒有一丝释然。

她道："你房中已有了酒，这坛我便留着自己喝了，如今我手头也不宽裕，能省一点是一点。我还赶着进宫见我娘，我们就此别过了。"

"阿毓！"楼渊急切地叫住楼毓，打量她这一身女装，"你的面具……"

"扔了。"楼毓一笑，"皇帝宣布楼相已死，我戴着那个面具反倒麻烦，如今恢复女儿身不会有几个人能认出来。"她提起裙裾，抖落上面的白雪，站在离楼渊几步的距离，问道，"我这身打扮，好看吗？"

"好看……"楼渊低喃。

十几年前盛夏的艳阳当头，那个摇晃着稻穗走进视线中的孩子第一次在他面前堂堂正正变成个女子模样。十几年的光阴如流水划过，孩童长成了大人模样，世事不可回头，当年携手的小小稚子终于背道而驰渐行渐远。

楼渊看着她往皇宫的方向去，她要找楼宁，他知道，怎么也来不及阻止了。

偌大而森严的宫殿隐在夜色中，厚重的朱红色宫门不知关住了多少红颜青春。楼毓抓住宫中巡逻侍卫换班的时机，一身夜行衣从宫墙外一跃而上，朝紫容苑的方向直奔而去。

那一片的空气透着诡异的安静。

楼毓终于察觉到不寻常。虽说以楼宁冷清的性子，往日紫容苑也不见得会有多热闹，可也不至于像现在，一盏烛火也不留，似是无人居住的荒村老宅院。

直到看见苑门上的封条。

雪停了，月光照见满院枯败的梅花。楼毓冲进漆黑的寝殿去找楼宁，哪里还有人影。

她呆愣地跌坐在地，外面忽然传来断断续续的哭声，循着声音找过去，发现是之前留在楼宁身边照拂的太监刘冕。

刘冕被玄衣墨发的楼毓吓得呆住，楼毓作女子打扮，与楼宁的容貌有几分相似，刘冕把她当作了还魂的楼宁，痛哭流涕："夫人，奴才知道您走得冤，走得不甘心，您和相爷都是命苦的人，如今在地下团聚了……"嘴里念念有词，手上烧着明黄的纸钱。

"你说什么？"衣袂被寒风吹荡，楼毓声音颤抖，"谁走得冤？谁走得不甘心？"

她心中已有答案，偏偏还期望从刘冕口中听到不一样的回答，没有意外地听见刘冕说："皇上要对付世家，对付楼家，殃及了您，您这一生过得凄苦，不如早早去投个好人家……"

不等刘冕再说下去，楼毓如一阵风刮过似的离开了，身后的紫容苑孤冢般立在宫廷中的一角。

楼府僻静的容清池。

楼渊站在水榭上等人，楼毓来得比预料中要快。

池面浮着晶莹的冰块，四处有缓缓流水的声音。楼毓气势凛冽地寻来，急促地询问："我不在幕良的这些日子，你应该最清楚宫中发生了何事，我娘……我娘……她怎么了？"

有些事情不可能一直瞒下去，终有被戳破的时候，楼渊自今日见到楼毓时就想，能拖得了一时，便拖一时。

可这一刻来得这样快。

"皇帝一早就想要削弱世家特权，这次你下落不明，在坡子岭失踪，正是难得的时机。他对外宣布你战死的消息，借此收回兵权，再拿宁夫人开刀，向楼家施威。你与夫人都是楼姓，都是楼家出来的人……"

"寻的是什么罪名？"

"通奸。说是宁夫人与奉天府尹在紫容苑后院相会，被人抓了个正着，皇帝当场大怒，赐夫人三尺白绫。"

"她葬在何处？可有人替她殓尸收骨？"

"她并未用那三尺白绫，而是在紫容苑的一间偏殿里放了一把火，把自己烧得一干二净，什么也不剩。皇帝来日便下令，让人把烧塌的两间屋子原模原样地修好，如今看上去和往日没什么两样了。"

楼毓脑子反反复复回荡着楼渊那句"把自己烧得一干二净，什么也不剩"，这确实像是楼宁会做出来的事。可她怎么甘愿就这么死了，死在幕良的深宫，她不是恨苏清让吗？不是想回到临广与他同穴而眠吗？她是不是在这人间待得太久，知道再也等不回他，所以干脆化作一缕灰飘散？

楼毓心里也有一把火，把她的心肺都烧焦了。

流水的声音听起来像在哭，她连眼泪也无，凝望着水上的浮冰，心上如有缝隙无声破裂,她冷冰冰地开口:"那楼家呢?就任凭别人这样欺负楼家嫁出去的女儿吗?明知这事只是个引子,先是楼宁,接下来就是整个楼家遭殃了。"

楼渊低声道:"我与父亲在朝上因替宁夫人求情,被皇上直接驳回,连降三级,楼氏一脉皆受牵连。"

楼毓骤然嗤笑出声:"连降三级,这便是你们做的努力?你们楼家就这点能耐吗?连一个女人也保护不了。"

"事出突然,皇帝先发了讣告,接着宁夫人便出了事,我来不及……"

楼毓发出一声撕心裂肺的低吼:"闭嘴!"她望向楼渊的眸中如藏深仇大恨,一片血红,"不是来不及,是你从未想过要护住她!从未考虑过我!若我在场,即便反了皇帝舍了性命也会救她,只因她是生我养我的人,于你们楼府而言不过是一粒弃子,你们当然不会尽全力。"

昔日情谊如今一朝散尽,椎心泣血。

"你幼时在楼府处处受欺负时,她也照拂过你,她也曾替你织过冬衣,替你铺过床榻,到头来你便是这么对她的?"

连串的逼问,让楼渊面上血色尽失。

"阿毓，在你心中，你就是这么想我的吗？"

楼毓的心智早就被心里的那场大火烧光了。

"难道我想错了，冤枉你了？你走至今天，离楼家家主的位置只有一步之遥，不惜娶了素未谋面的太傅之女庄愔雨，不惜与我恩断义绝，如今还有什么是你做不出来的？"

楼毓这一场迁怒，把楼渊踩进地底。他像被那荷花池中的淤泥，灌满身体，沉重地、一寸一寸地往下陷。

楼毓的声音像寒冬刺骨的风钻进耳蜗里："我去杀了皇帝。"

她能率兵出征，替皇帝卖命，也能拼了性命去取他首级。楼宁死了，楼毓有一瞬间甚至想，她也不用活了，这样便真的没有牵挂了。

这些年她与楼宁相依为命，她被折磨，被历练，被迫成为今天的楼毓。她恨楼宁，恨意之下却是血浓于水的依恋。

楼宁进宫前，楼毓曾在她膝前跪下："若您不愿意，孩儿万死，也保您周全。"

曾经铮铮的誓言回荡耳边。

楼渊死死抓住她，气急败坏："你不要命了？！"

楼毓甩开他的手："不要了，今天谁有本事就让谁取了去。管你是骁勇善战的御林军,还是名动天下的七公子。"

自小,楼毓发疯,楼渊都是拦不住的。

她两招便从水榭上逃脱,踩着池面的碎冰如飞燕从夜色中掠过,楼渊只撕下了她半片玄色的衣角,无奈地紧跟上去。

宫中冷冷清清的,大雪落后,往日前来寻食的白头翁也销声匿迹。

孝熙帝近日头疼得厉害,这一阵世家被打压,朝中各方官员在皇权与世家之间摇摆不定,他再施施威,那些人就要朝他这边倒了,自己的胜算便又多了一分。

这是好事。

可他闭目眼神时,老是想起紫容苑的那一场火。

倾国倾城的女子接到三尺白绫后缓缓笑开的神情,似如释重负,似一直等待这一刻的降临。血一般的火苗越蹿越高,烧毁了倾城色。

原来帝王也有得不到的东西,孝熙帝不愿承认。

这是他登基以来的第二场大火:十余年前,身患癔症的归横一把火烧了东宫,自焚身亡,南詹王朝失去了史上最天赋异禀的一位太子;十余年后,南詹最美的后妃烧死了自己,似对这个世间已没有眷恋地离开了。

窗上映出一个凛冽的影子，孝熙帝怔然，随后屋外便响起了打斗声。

"护驾！"大太监又尖又细的声音炸开。

刺客的攻势太猛，支援的侍卫还未赶到，她已经杀到皇帝的寝宫，自屏风后走出。手中提着明晃晃的长剑，泛着冷光。

孝熙帝浑身一颤，不可置信地指着楼毓，喉咙发不出声音。

他将楼毓看作了楼宁。

九五至尊的天子，披着金线银丝勾勒的衣，坐在云锦缎面的椅上望眼欲穿，一副矛盾至极的神情。

楼毓看着他讽刺地笑："现在来扮什么深情，若真有那份情谊，你赐她白绫时也都耗尽了。"

剑刃刺过去，被人用掌心拦住，掌心一时鲜血淋漓，血珠顺着指缝滑下，滴落在地。楼毓看清来人是楼渊。

"你现在收手还来得及，趁着禁军还没有赶过来！"

楼毓不欲再与他争辩，被他拦住，已经无法近皇帝的身。

外面围过来的侍卫越来越多，楼毓心里明白今晚被楼渊这么一挡，皇帝是杀不了，日后恐怕也机会渺茫。

与楼渊缠斗时，她分了神，左腹中了他一掌。

一个不慎，她被楼渊锁住双手，只有两人听得见的微弱声音如针尖扎在她心上："你清醒一点！若不是宁夫人一心求死，凭她的本事，怎么可能逃脱不了？与其说是皇上赐死了她，不如说是她杀死了自己！"

楼毓明白，楼渊说得没错，是楼宁自己活得不耐烦了，谁也拦不住她，皇帝赐白绫只是一个契机而已。

楼毓不要命地找皇帝报仇，不过是为了找寻一个发泄情绪的出口。生死被抛到脑后，本来也就没有想过要再活着出皇宫了。

可楼渊不想让她死。

楼毓手中的剑被他夺下，寝殿外已经围满弓箭手，随时等候号令。眼看着楼渊就要擒住楼毓的关键时刻，他却猝然松了手。

他把楼毓往临水的一扇侧窗外一送。

楼毓如一尾鱼跳入水中，顿时没有了踪迹。

这一动作来得突然又迅速，连躲在柱子后的孝熙帝也没有想到，满眼惊愕，还未从过度的惊讶中回过神来。

楼渊跪下请罪："请皇上恕罪。"

孝熙帝双手撑在窗户上，眺望着夜色中波光粼粼的水面，急忙追问："她是谁？！她是不是楼宁？！"

楼渊听出他话中更多的是对已逝宁夫人的不舍，道："她是宁夫人。"

"大胆楼七！你是不是以为朕老糊涂了，所以什么都敢说，以为这样就可以蒙混过关，想糊弄朕！"

楼渊额头点地："臣不敢。"

"你有什么不敢的！"孝熙帝怒发冲冠，想到楼宁出事时，楼渊不顾忌君臣身份横加阻拦，甚至说要彻查楼宁与人私通之事，不能草率定论。他当场反抗圣旨，替楼宁求情，不惜以性命担保。

孝熙帝勃然大怒，罚楼渊受了重刑，半月内在监牢中吃尽了苦头，贬官三级。

念及楼宁，孝熙帝心中百般滋味。

"今晚行刺的刺客朕一定要好好调查清楚，看她究竟是何人！"本欲再治罪楼渊，却见他因伤势复发，倒在了打斗过后一片狼藉的殿中。

孝熙帝头疼地让人把楼渊拖下去，等候发落。

楼渊的身份和他身后的楼家都让皇帝忌惮，尤其是当下皇权与世家之间的关系岌岌可危，如紧绷的一根弦，只要再摩擦出一点儿火星，接下来势必会大火燎原，一发不可收拾。

忽然，一声脆响打乱了皇帝的思绪。

从楼渊的衣袍中掉出来一枚玉环，被一根红线缠着，挂在身上的。

现下不知怎的，红线断了，玉环恰恰滚到孝熙帝脚跟前，转了两圈，便不动了。

孝熙帝弯腰捡起来一看，玉环边沿稍薄，中间偏厚，光滑莹润，壁上雕刻蟠螭纹，旁衬卷云纹，看似和普通人家的玉环无异。仔细瞧，却有一处突兀，螭只有一只眼睛。

孝熙帝大怔，手指用力似要把玉环捏作齑粉。

"慢着！"他吩咐身边的大太监，"暂且先留下楼七，今天发生的事也别传出去。"

大太监疑惑，看了一眼昏迷的楼渊："留下来的意思是不处置了？"

孝熙帝把手中的玉环交给他，大太监一看直接就跪下来了："奴才眼拙,这不就是当年渠芳斋那位主子的玉环吗?"

孝熙帝问:"你没认错?"

大太监道:"奴才绝不会认错。奴才曾经跟在淑妃娘娘身边十年,这点眼力见儿还是有的。娘娘这枚玉环上的螭,是独眼的。"

孝熙帝跟淑妃杜秋水之间有过一段情,杜秋水得重病去世之前,与皇帝是非常恩爱的夫妻。杜秋水曾早产生下一子,却是个死胎。那婴孩被当年浣衣房出身的一位老嬷嬷埋在了冷宫后的一株紫杉下。

只是,杜秋水的玉环,怎么会在楼渊身上?

- 叁 -

全城戒严。

在城门口看守和巡逻的士兵比平常增加了两倍,进出幕良的车辆和行人都需仔细检查。

孝熙帝费尽心思正在找的人,却并未想着要立即出城,反而大张旗鼓地在河边的稻谷堆上燃起了烟花。

那是楼毓用来联系衿尘年的信号。

师徒两人曾说好，不到万不得已，不会燃放烟花，除非生死攸关。

幽暗诡谲的蓝色火苗蹿上夜空，炸开之后，像一朵莲的形状，维持几秒后火花散开，跌落，像今晨落下的雪。

楼毓连放三支，把所有的机会都用完了，等了许久衿尘年也没有出现。她那个总是神出鬼没似乎无处不在的师父，这一次没有赴约。

深沉的夜色中，浩瀚的天地间，仿佛只剩她一人。

待到晨光熹微，楼毓坐在稻草上看着隐在晨雾中的苍茫四野逐渐显露出轮廓，出来觅食的鸟开始啼叫，她终于放弃了等衿尘年出现的念头。

接近午时，楼毓换了一身装扮决定出城，灰布袍子，摇着一面布幡，上面写着"黄半仙算命"几个大字。面黄肌瘦，下巴处粘了一小撮胡子。

她混在排队等候出城的人群中，意外地发现了大喵、小喵的身影。两个丫鬟一直坐在旁边露天搭建的小茶棚里喝茶，半天不见走，显然是在等什么人。

楼毓走过去："小二，来一壶酒。"

店小二热情地问:"好嘞,客观,请问您要什么酒?"

楼毓道:"醉仙酿。"

在场几人皆是一愣。小二赔笑道:"客观,您点的醉仙酿可是琼液楼酒家的招牌之一,小的这儿可没有……"

大喵、小喵听到这几个字则敏感地朝楼毓望过来,楼毓不动声色地朝她们比画了一个手势。

"既然没有,那爷就走了。"楼毓应付着小二,临走之前还问,"要不要算上一卦?"

小二见她没给自己做生意,还想要揽生意,热情的一张脸变了颜色,把她往茶棚外推:"赶紧走,赶紧走……"

楼毓走几步进了一条逼仄的小巷,巷子口连日来的积雪还未消融,被顽皮的孩子滚成雪人堆在路中央,差点把入口给堵死了。

楼毓沿着巷子走,旁边有一扇门开了,大喵探出头问:"先生算命准吗?"

楼毓道:"不准不要钱。"

大喵问:"多少钱一卦?"

"这个可以再商量。"楼毓跨进院门槛。

小喵围上来，情急之下揪住了楼毓的袖子："您真是我们相爷吗？"问完才察觉不妥，又赶紧松开了手。

"你们俩在城门口做什么？"

"等您！"大喵急切道，"七公子让人传信给我们，说您一定会出城，让我们这几天昼夜不分地去那儿等您，您看见我们，势必会现身的。"

楼毓哼道："他倒清楚。"

终究还是没有打听楼渊现在如何了，昨晚他当着皇帝的面放跑她这个刺客，免不了要被治罪。

"爷，我们就知道，您一定还活着，可大街上都在传，说您死在了坡子岭，他们没有亲眼所见，怎么能乱说呢……"小喵愤愤不平，"我和姐姐一直在等您回来。"

"皇上说楼相死了，楼相便死了。"楼毓平静道，"以后也不会再有楼相，你们不用再记挂了。"

"您的意思是……您不会再回来了？"

"世事无常，这个谁能说得准。"楼毓问，"我出事之后，府内如何了？"

大喵答道："厨子去了南坊街上生意最好的那家酒楼，花匠改行做起了小生意，扫地的老伯说自己年纪大了，背着包袱回乡了，只剩下我和小喵两人。原本就空荡荡没几个人的相府，现在真成一座空宅子了。"

楼毓道："你们两个姑娘待在那儿也不是事，趁早寻个好去处吧。府中若还有什么值钱的东西，可拿去当铺当了，换些银两。"

俩丫鬟听完潸然泪下，一时不免伤春悲秋，感慨万千："那您呢？您今后要去哪里？"

楼毓望向她们的目光带着一丝审视，声音一凛："你们是替谁问的？你们自己、楼府，还是楼渊？"

大喵小喵齐齐跪下，大喊冤枉。

"方才路边茶棚里的小二，是楼府的家仆，我以前去找楼渊时曾见过他。他替你们倒茶、拿点心，从你们交谈中可见，相互之间应该是熟悉的。"楼毓道，"识时务者为俊杰，这种形势下另投其主，也算情有可原。"

二人僵硬，喊冤的话被堵在喉咙口，于是涨得满面通红，哑口无言，再多的辩解在这人面前也只是徒劳罢了。

她仿佛已经看穿了她们。

一股寒意从大喵后背涌上，凭楼毓的功夫，眨眼间就可置她们于死地。

"你们走吧。"良久,等来一声叹息,传到两人耳朵里百般不是滋味。如释重负的同时,两人也感到羞愧难当。

大喵脸皮薄,脸红得滴血,跪着迟迟未起。

楼毓道:"主仆一场罢了,我也没想过要你们的真心。"

小喵犹犹豫豫地说:"七公子为您准备了马车和通行的令牌,再过两个时辰,等城门口的侍卫换成了自己人,您便可以轻松出城了。还有……还有屋子里那箱东西,是七公子托宫中的老嬷嬷们带出来的,是宁夫人的遗物,想着搜罗了给您,让您日后也好有个……"

不待她说完,楼毓道:"东西在哪儿?"

"屋子中央放着。"

楼毓冲进屋,打开木箱,里面是一个匣子和一些衣物。匣子边边角角被磨损得厉害,红漆剥落,快掉光了,露出原本木头的颜色,看得出有些年头了。

匣子里装着几封陈旧的书信,是当年苏清让写给楼宁的。那时苏清让还未变心,他们夫妻成天浸在蜜罐子里,一日不见,满纸相思,情到深处,没一点矜持可讲,心里怎么肉麻信上就怎么说。

楼毓一一读下来，眼前不觉已模糊。

她在草木萧瑟的院中一把火烧了木匣，把它们全烧给楼宁，还有那些衣物。衣物中混着一顶斗笠，显得突兀。

不过是平常物件，却不平常地出现。楼毓惊诧地拿起这顶熟悉粗糙的斗笠，因有预感而双手微微颤抖。

这顶斗笠不属于楼宁，属于衿尘年。

无数个雨夜，衿尘年披着蓑衣戴着斗笠出现在她眼前，教她武功，教她撒泼打滚混江湖，带她奔跑一夜去喝杏花村的酒，带她听书、看戏、买糖葫芦。

楼宁只会让她自生自灭，衿尘年手把手教会她如何生存。

楼宁没有给她的，衿尘年全给她了。

楼毓脸上不知是哭是笑，她浑身战栗。雪后初霁，日光从院中照耀进来，映在她脸上。新开张的算命先生扶着灰白的墙垣低着头，脚边是渐渐熄灭的火。

信烧光了，衣物烧光了，还有顶斗笠，她戴在了自己头上，而后出了门。

小喵跟上，大声叫她："相爷……"

楼毓脚步一顿。

"爷，宁夫人的死，您……您不能单单怪罪于七公子，他为了保住宁夫人，当场违抗圣命，无辜受了牢狱之灾，出来时半条命都快没了，还望您能体谅体谅他……还有这一次，他冒死放您出城，替您做了这么多，您却半句也没问他……"小喵替楼渊觉得委屈，神情悲戚。

太阳光被斗笠遮住，楼毓的半张脸落在阴影中："你回去告诉他，我们早已两不相欠了。"

第四章 ◆ 玲珑骰子安红豆

- 壹 -

葛中。

冬去春来，江面破冰之后，沉水江的码头又恢复了昔日热闹的景象。葛中与婆罗、黎峒两国相邻，靠着一条沉水运河互通往来。两岸富庶繁华，人来人往，河边排排垂柳倒映在江面，新绽开的桃花落在碧江之上，逐水漂流。

今日天气不错，楼毓从落脚的客栈走出来，准备出去逛一逛，顺带找两个人。

　　她来葛中已经有几日了，每天昏天暗地地窝在房中睡觉，也不练功了，浑身提不起劲，如被人抽筋剥皮了般，只剩下一具空壳子。合上眼，楼宁、衿尘年、楼渊轮番在脑中转个不停。连一日三餐都停了，掌柜还以为住进来一位神仙，白衣飘飘仙风道骨的，还不吃不喝。

　　掌柜在柜台打着算盘时，见楼毓下楼，算珠"啪嗒"一声脆响，心道这位姑娘长得可真跟天仙似的。

　　"掌柜的，跟您打听件事。"

　　"您请问。"

　　"这片的学堂怎么走？"

　　"这一带有好几个学堂，不知姑娘打听的是哪个？"

　　"有蔺择秋夫子在的，你可知道？"

　　"知道知道！"掌柜的连连点头，手往门外一指，"出门左转，沿着街走五百米左右，您会看见一间裁缝铺子，裁缝铺子斜对面有个巷口，再顺着巷口走到底就是了，春蚕学堂……"

　　"春蚕学堂？准没错了。"

楼毓找到地儿，还未走近，远远听见孩童的读书声："天地玄黄，宇宙洪荒。日月盈昃，辰宿列张。寒来暑往，秋收冬藏。闰余成岁，律吕调阳。云腾致雨，露结为霜……"声音夹杂在飘着花香的和风中，一阵一阵往外头送。

学堂大门虚掩，楼毓轻轻推开，一院姹紫嫣红入眼来。

她走到窗户旁，有几个摇头晃脑的孩子发现了她，直愣愣地看着。楼毓把食指抵在唇上，朝他们道："嘘——"

有些顽皮的孩子把脑袋藏在书卷下，偷偷笑了，前方的夫子却浑然不觉。

直到中午散学，孩子们一窝蜂走光了，只剩下夫子一个人在收拾东西。他穿一身青蓝色襦袍，身姿清瘦修长，面容秀雅。

楼毓敲了敲敞开的门："蔺先生近来可好？"

蔺择秋抬头，讶异地望着来人，并不相识。他在脑海中细细搜寻这样一张脸，倘若曾见过如此绝色，怎么着也不该会毫无印象。

楼毓见他神情困惑，随手拿过他手上的一卷书，遮住自己半张脸。

蔺择秋目不转睛，盯了几秒之后，指着楼毓不可置信："相……相爷？"

楼毓大笑:"难得先生还能认出我来。"

蔺择秋虽隐居在葛中，但对从京都幕良传来的消息还是清楚的，楼相战死的事早已有所耳闻，只是他心中不愿相信。如今亲眼看见楼毓，非但没死，还摇身一变成了个女儿家，蔺择秋一时半会儿也缓不过来。

楼毓道:"容我慢慢跟你解释……"

楼毓第一次领兵作战时，有两名得力副将，一文一武，文是蔺择秋，武是屈不逢。这两人皆是葛中人氏，机缘巧合下参了军入了伍，经过岷山一役，与楼毓算是过命的生死之交。

岷山一役大败叶岐，大军班师回朝，楼毓封相，蔺、屈二人却请辞回乡，一点功名利禄也没有受。

楼毓坦言，把自己身份交代得清楚，并未再有所隐瞒。蔺择秋暗暗心惊，不禁道:"相爷就如此信得过我？不怕我将您告发了，押送至京都去皇帝面前讨赏吗？"

楼毓道:"古人云：乍交不可倾倒，倾倒则交不终。久与不可隐匿，隐匿则心必崄。我与先生已是刎颈之交，还需隐瞒什么。"

蔺择秋拱手:"定不负相爷信任。"

"我早就不是什么相爷了，换个叫法，不然我听起来别扭。"楼毓道，"你我是朋友，你又长我一两岁，直接叫我名字就行了。"

"对了，屈不逢呢？"楼毓又问。

提起这人，蔺择秋脸上无声无息挂起了笑"走，我带你去找他。"

蔺择秋走在前面带路。

春蚕学堂背面是一条小街，临街有许多卖吃食的小铺，偶有店家站在门口吃喝，禁不住诱惑的孩子乐颠颠地跑过去，眼巴巴望着还冒热气的鹅儿卷和桃花饼。一路走过，蔺择秋收获了许多声"先生好""先生赏脸来我家吃个饭吧"之类的问候。

"看来你在当地混得不错。"楼毓道，"如今看来，你与屈不逢当年不要功名利禄，宁肯回乡，真乃明智之举。"

蔺择秋淡笑，两人拐了个弯，面前霍然变成一片闹市区，眼前所见之景，跟赶集似的。许多商贩挑着担子在里面穿梭，热闹非凡，处处春光明媚，欢声笑语。

"就快到了。"蔺择秋说。

楼毓好奇："屈不逢也在这里摆摊儿？"曾经在战场上一把铁斧让敌人闻风丧胆的屈不逢，改行成了行贩吗？

蔺择秋神秘地笑了笑，而后楼毓看见了前方一个卖猪肉的屠夫，刀起刀落，案板上的肉已经被匀称地分好。楼毓见后大笑了起来："果然是份适合他的差事啊……"

屈不逢年纪也不大，楼毓记得，他比自己还小两个月。挺好的一年轻小伙儿，还生得面嫩，笑起来时有浅浅的梨窝，露两颗虎牙，这样的人偏生武力值高。外表和实力形成极大的反差，普天之下约莫再也找不到像他这般的屠夫。

如此却很受葛中的婶儿们欢迎，她们喜欢挎着篮子，在肉摊前打听："不逢啊，再过两年，你也该替自己考虑考虑终身大事了，你看王婶家的金霞姑娘怎么样？你要是觉得合适，别不好意思说，我去替你说媒……"

热热闹闹，叽里呱啦的。

屈不逢板着一张严肃包子脸，自动忽略掉那些声音，也没有不耐烦，总是含糊地"嗯"两声就混过去了。

楼毓和蔺择秋站在人群外围，晒着春日暖阳，嘴角噙着笑，看着眼前的场景。楼毓不由得揶揄道："原来不逢小兄弟人气如此之高。"

"一贯如此。"

倘若楼毓没有听岔,蔺先生语气中还夹杂着那么一点骄傲与自豪?

两人站了片刻,摊前的人潮退去一些,屈不逢擦了把汗,终于发现他们。

他一眼看见蔺择秋,喜笑颜开地叫:"择秋——"

瞥向蔺择秋身边的女子时,他的笑容立即淡下来,手中还持着屠刀,眼神凶狠,顿时让楼毓想起曾在山林中遇到的一只小狼狗。楼毓觉得有趣,若有所思。

"不逢,过来——"蔺择秋招了招手,"介绍个人给你认识。"

屈不逢似不太情愿,见午时已到,就把摊上的东西收拾好,连同没有卖完的肉一并放入脚边的两个竹筐中,又擦了把手,才朝蔺择秋走去。

蔺择秋跟楼毓说:"这孩子闹别扭呢,今天早上怪我应约去李员外家吃了饭,留他一人在家里。"

他不说还好,一说屈不逢便怒气冲冲:"李员外家的饭好吃吗?比我做的饭还好吃吗?李员外家的女儿漂亮吗?琴棋书画样样精通有什么用,能给你做饭、下地种庄稼吗?"

一张嘴喋喋不休。

蔺择期目光饱含歉意地看向楼毓:"让你看笑话了,你别看他是上过战场的人,其实也就是个孩子。"

"都说了我不是孩子了!你又能比我大多少!"屈不逢气冲冲地反驳,转而望着楼毓的目光阴鸷,满含敌意,"你又是谁?"

楼毓看了一出好戏,连日来积压在心头的阴霾散去不少,面上挂着笑:"你家先生的老相识。"

屈不逢一听,这还得了,马上就要原地爆炸。被蔺择秋在脑门上敲了一记,给压下来:"好了,别闹了,回家吃饭吧,我饿了。"

"她是谁?"屈不逢不肯善罢甘休。

"是从京都幕良来的客人,你也认识,回家我再讲给你听。"

楼毓自觉地落后了两步,跟在两人后头,望着两人斗嘴的背影都觉得有趣。寻常人家的白墙内伸出的花枝被风吹得摇颤,粉白粉红细碎落了一地,有一瓣馨香缀在了谁的发间。

这才叫过日子。

楼毓觉得,来葛中会老友真是个不错的决定。

屈不逢燃着灶火,一边把劈好的柴一股脑儿扔进去,一边听完了楼毓的故事。他对于冷血将军变身成小姑娘的事接受得很快，关心的却是另一个问题："为什么选择来葛中？"

烟囱里冒着滚滚浓烟，蔺择秋拿来一碟芙蓉酥，先给楼毓垫垫肚子。屈不逢嘴巴一撇，脸上梨窝浅浅地陷进去，蔺择秋立马塞了一块点心进他嘴里，堵住了他的话。

"不逢，不得无礼。"

楼毓也尝了尝，香甜可口，味道十分好，她满足道："葛中是富庶之地，闹市好藏身，你们俩不也藏在这里吗？"

屈不逢不服气："我们本就是葛中人。"

"嗯，我当然知道你们是葛中人，所以才来找你们，以后就劳烦你们多多照应了。"

大米的清香自蒸笼竹篾的缝隙中喷薄而出，屈不逢手速飞快地剁着菜，蔺择秋在一旁看着，问楼毓："你接下来有什么打算？"

"并未有计划，就这样耗时间等着吧……"楼毓道，"等一个好时机，皇帝和几大世家之间迟早要闹起来。既然他们安排我死了，我就安安静静看他们斗吧，在葛中也好躲个清静，以后再做打算。"

蔺择秋说："也好。"

屈不逢做了一桌丰盛的菜肴，三人坐在院中就着稀薄和煦的日光喝酒吃肉。

　　蔺择秋和屈不逢都是无父无母的孤儿，两人七八岁时从人贩子手中逃出，各自凭本事活了下来。蔺择秋聪明，过目不忘，自学成了才。屈不逢力大无穷，各种力气活不在话下。两人相依为命，都把对方当作自己的家人。

　　前阵子屈不逢还在路边捡了只流浪狗回来，洗干净了才发现是只威风的大白狗，四肢和尾巴都是乌黑的。他们给它取了个十分不搭调的名字，叫它"大黄"，可见十分随意了。大黄走街串巷，循着香味回来，审视地瞅了楼毓两眼，在桌角边上趴下来啃骨头啃得不亦乐乎，尾巴摇来摇去。

　　屈不逢自小被蔺择秋虐出来的厨艺，堪称一绝，又是打听了楼毓的口味特地做的，因此她吃得非常尽兴。

　　面前搁着的小半坛酒也快见底了，楼毓干脆抱起坛子往下灌，喝个痛快。

　　"我可没见过哪个姑娘家像你这样喝酒的，"屈不逢叹为观止，"虽说你把面具摘了，变成了另外一副模样，可你这样，倒让我觉得你还是那个骑大马挽大弓的将军。"

屈不逢也喝多了，酒劲上来，包子脸再也绷不住，变成话痨，无法再故作严肃了。往日他喝酒是受限制的，有蔺择秋管着，说喝多了伤身。今天蔺择秋睁一只眼闭一只眼，他便喝得满脸通红。

他打了个嗝："远来是客，下午我带你去逛一逛葛中的码头，领你见识见识。"

楼毓点头："行，那就麻烦你了。"

屈不逢转头跟蔺择秋说："你去不去？"

蔺择秋说："我还得去学堂。"

屈不逢眯着醉眼："就给孩子放半天假嘛。"

蔺择秋头疼："哪能说放假就放假。"

"你是夫子，你说了算。"

"这样对他们太不负责任了，人家父母都是交了学费的……"

"怎么不见你对我负责，你每日吃的饭都是我做的……"

楼毓憋笑，看面前的酒鬼耍赖，等屈不逢清醒了，可有他好果子吃。

大黄吃饱打了个滚，忽然把头搁在楼毓的鞋面上不动了。楼毓抓了抓它脑袋，它舒服得轻哼了两声，闭起眼睛打盹。

下午蔺择秋还是给春蚕学堂的孩子们放了假，寻的理由是家中来了位远房亲戚，二十年难得见上一回，得好好招待。

　　父母们都表示能理解蔺夫子，孩子们则乐疯了，三五成群地跑回去放风筝。

　　楼毓和屈不逢趴在院中睡了一觉，等蔺择秋在学堂交代完事情回来，两人也差不多醒了。

　　屈不逢舀冷水洗了把脸，忍不住偷瞄蔺择秋，那眼神跟大黄偷吃了隔壁邻居家馅饼时的眼神很像。

　　"酒醒了？"蔺择秋走过去问。

　　屈不逢诚惶诚恐："醒了。"

　　"那便走吧，"蔺择秋说，"不是说要带小毓去逛逛吗？"

　　"小毓？！"屈不逢声音高了一度："你与她什么时候这么熟了？"

　　蔺择秋说："一直都很熟。"

　　屈不逢整张脸垮下来，身边的大黄敏感地察觉到危险的气息，两步蹿走了，不知又赶着去哪儿撒野去了。

　　"你不走？"蔺择秋和楼毓发现屈不逢没跟上。

　　屈不逢问："我今天喝了那么多酒，你不罚我？"

蔺择秋说:"今天你高兴,我也高兴,便不罚了。"

屈不逢听闻笑了起来,连脚步都轻快不少,好像压在肩头的重担终于卸下来。蔺择秋摇头笑:"一会儿晴一会儿雨的,还说自己不是小孩子。"

三人往沉水江边去,两旁房屋高高低低鳞次栉比。风中夹杂着水汽,带着淡淡的腥味钻入鼻子里。再往前走,穿过长长的桥廊,视线豁然开朗。一望无际的沉水江上澄碧湛蓝、云蒸霞蔚,卷起的浪花往前涌,激荡起层层白色的泡沫。

江边码头上停泊着大大小小的船只,多是商船,看上去井然有序,一点也不见乱,这倒让楼毓出乎意料。

蔺择秋似乎看出她的惊讶,道:"因为有人管着,才不至于乱了套。"

"有人管?"这么宽广的江域,南来北往的人群,能受谁的制约?楼毓猜测,"地方官府?还是葛中第一世家林家?"

"都不是,"屈不逢插嘴道:"是个叫千重门的江湖门派。"

楼毓顿时有了点兴趣。

皇权与世家相互制衡的过程中,这几年江湖上各门各派的势力也在渐渐发展。没想到江湖人士众多的临广没有闹出什么大的动静，商户泛滥的葛中却已是另一番天地，不知不觉中建立了新的格局。

"千重门神秘得很，我多次想进去看一看，都没能成功。"屈不逢道。他是小孩心性，大概看人家厉害，便想一探究竟。

蔺择秋也说："据说千重门建在沉水江的一座岛上，也不知是真是假。这个门派建于十多年前，好似一夜之间横空出世，当时恐怕没人注意，官府和林家也就放任它发展。没想到这些年它竟成为葛中的第一大势力，连林家也压不住它了。"

他指了一个方向："在这片辽阔的沉水江上，南詹与黎峒的茶路，与婆罗的丝路，全被千重门控制得死死的，那么多的黄金白银，便被它这样独占了。"

楼毓目光投向堤岸边的垂柳："听你们这样说，还真想去见识见识了。"

恰逢画舫从面前经过，三人便上了船。岸上突然冲出来一团雪白，紧跟着他们跳上了船，大黄正吐着舌头讨好地望着他们。

"它是从哪儿冒出来的？"楼毓惊讶。

屈不逢笑："八成是从隔壁偷吃回来，看见我们不在家，就循着气味找来了,这东西通人性,可聪明了,出去玩不带它,它是会生气的。"

似真听懂了这话,为表示肯定,大黄绕着他走了两圈,然后去蹭旁边的蔺择秋,小孩儿耍赖似的趴在地上不肯动了,赶都赶不走。

蔺择秋道:"那便带上它吧,它又不咬人。"

大黄抖了抖毛,威风凛凛地站起来,看这架势,更像是一头白狼。

这艘画舫有两层,飞檐翘角,处处雕梁画栋,丝毫不比岸上的阁楼差。走进去热闹非常,如同集市,第一层大厅中央是个戏台子,台下摆着桌椅,专供人吃酒、喝茶、听曲儿的。往上一层更喧嚣,楼毓四处看了看,发现此处与赌场无异,摇骰子和砸银子的声音处处可闻,入口和出口皆有人把守。

"这是哪家的产业?"楼毓问。

蔺择秋说:"千重门。像这样的画舫,沉水江上不止百来艘。"

楼毓感慨:"果然是富得流油啊……"

她掏出钱袋在手上掂了掂,问:"要不要来一把?"

屈不逢跃跃欲试,面上却无比纠结:"择秋说了,小赌怡情,大赌伤身,可大赌都是由小赌发展而来的,容易上瘾,我不试。"

楼毓笑:"确实如此,那你便乖乖站在旁边看吧。"

场上名目繁多,除了骰子,还有投壶、弹棋、射箭、象棋、斗草、斗鸡等等。楼毓自是对射箭最有把握,但她选择了樗蒲。规则并不复杂,双方执棋子在棋盘上行棋,相互追逐,也可吃掉对手之棋,谁先走到尽头便为赢者。

前脚有个书生输得痛哭流涕走了,楼毓后脚就顶了他的位置。

棋盘对面的人见来的是个姑娘家,不免轻敌,不含多少善意的目光在楼毓脸上打量。楼毓持杯抿了口酒,瓷杯在掌中无声碎裂,于指缝间化成齑粉。对面的人见此情景打了寒噤。

屈不逢发出一声嗤笑,选择和蔺择秋站在一起围观这一局。

早年间楼毓在临广时,跟着衿尘年什么花样没玩过。屈不逢起先还默默担心她输得倾家荡产,渐渐发现她好像稳操胜券。与她对弈的中年男人头冒虚汗,也顾不上擦一擦。

不知是画舫二楼难得出现一女子,楼毓太过引人注目,还是这次的樗蒲太过精彩,旁边围观的人越来越多,不知不觉中把这一桌围了个水泄不通。

屈不逢见蔺择秋被后面的人挤了一把,故作凶恶威慑地回头瞪了一眼,等他再转头,只见楼毓一副成竹在胸的淡定神色。那双清瘦嶙峋的手,握过长缨枪,把玩着精致的骰子,居然也不让人觉得突兀。

棋盘上胜负已经不难看出,只差最后一把,尘埃落定。

喧哗推搡中有人踩了大黄一脚,关键时刻,众人只见凭空窜出来一只狗把棋盘顶翻,樗木投子七零八落,登时散了一地。

楼毓皱眉。

男人沉黯的双眼忽然焕发光彩,好似濒死的人看到了一线生机,不用再赴死了。

屈不逢赶紧牵住大黄,训斥道:"看你做了什么好事!"

大黄似委屈般嗷呜了几声,拥堵的人群让它异常暴躁。

周围不少人直呼可惜。

楼毓望向对面的人:"再来一局?"她神情轻蔑,像是丝毫不把对方放在眼里,轻易激起人的胜负欲和征服欲。

对方果然应战。

"既然重新开局,不如赌点大的。"

楼毓问:"你想赌什么?"

"姑娘把自己押上如何?"龌龊的笑声响起,那人继续道,"若我赢了，你就跟我回家。"

"好。"楼毓答应得十分利索，"若我赢了，我可不想领你回家，"她打量了这人的穿戴，在心中估了个价，"你便押上五千两银票吧。"

"好大的口气。"

"彼此彼此。"

画舫行至辽阔的江面，四顾茫茫，已经看不见码头，江上升腾起白雾，好似驶入了仙境。楼毓懒懒散散地应付着面前的赌局，屈不逢透过窗户朝江面远眺了一眼，忽然悄声道："遇上千重门的总舵了，今天可真巧。"

楼毓一听，分神问他："你怎知道是总舵？"

画舫的东面，有艘大船隐在大雾后，风帆高高扬起好似一面巨大的云墙。船身看不真切，但屈不逢能听见阵阵风铎空灵的响声，如清泉撞击山岩。

练武之人听力比常人敏锐，楼毓凝神去捕捉那道声音。

屈不逢说："这是千重门总舵行船时发出的信号。沉水江上有些专劫商船的匪寇，听到风铎声便知道收敛收敛，自行躲开了。"

楼毓一心二用地问他："想不想进千重门去看看？"

屈不逢偷瞄了眼蔺择秋，还是诚恳地表达了自己的心声："想。"

不待他反应过来，面前的棋盘再一次翻了。

这次可不怪大黄。

是楼毓悄悄指使的，她手指在桌子底下拍了大黄一记，小家伙就又配合地往前冲了，撞翻之后，黑漆漆的眼珠无辜地望着楼毓。

大家伙儿被扫兴，楼毓对面的男人更是火了，虽说他原本也没有多少赢的概率，但这次好歹还有扳回一局的希望，接连两次被狗搅局，他推开椅子就站起来嚷嚷："这是谁家的狗？！这狗把我棋盘给翻了，老子的媳妇都跑了！"

大黄冲他"汪汪"叫。

楼毓也站了起来："我家的。"

"你家的？"男人越发不依不饶，"我看就是你搞的鬼吧？输不起，就让你家狗来捣乱！今天老子就要在船上炖狗肉了……"

蔺择秋面露不悦，淡淡吩咐："大黄，咬他。"

这个家中，蔺择秋乃当之无愧的一家之主，屈不逢和大黄都拿他的话当圣旨。蔺择秋发话了，大黄就撒开了腿勇往直前地朝大腹便便的男人身上冲，奋力一跃，前肢抓上了他的肩膀。

现场被一只狗搅得大乱。

男人结伴而来，身边还有几个牛高马大的朋友，见状赶紧上来帮忙。大黄识时务地躲去了蔺择秋身边，楼毓长臂一伸拦住了来人，双方毫不客气地打起来。画舫上维持秩序的壮汉赶来拦人，也被迫加入了打斗的队伍中。一方要捉狗，一方要护狗，一方要劝架，霎时演变成逞凶斗狠的场面，纷纷拔出了刀。

蔺择秋被一股力推中，朝身后的椅子摔过去，连人带椅倒在地上。腰撞到坚硬的木角，疼得"嘶"的一声吸气，不知还有哪里受了伤，脸色霎时变得惨白。

屈不逢眼睁睁看着这一幕发生，来不及阻止，一瞬间红了眼，随手抓起一人往外一抛，画舫的木墙就这样被打穿，生生砸出一个人形的大洞。

楼毓见此也怒了，一双墨黑的眸冷漠地睥睨对面众人："刚才是谁动的手？我朋友体弱多病，你们仗着人多势众居然对一个书生下手，今天这笔账得好好算一算了！"

她一身凛冽，犹如上了修罗战场。

"姑娘想要怎么算？"千重门的人站出来调停，想要尽快平息此事。

楼毓冷淡道："把人揪出来，我剁他一只手。"

闻者纷纷蹙眉。

寻常赌坊中，钱财散尽了，还收不了手的，常被施行这种惩罚，但在千重门旗下，少有发生。未料到面前的女子生得如瑶池仙子一般，心肠却毒辣。

楼毓轻飘飘的话音似风般传入众人耳中，屈不逢却仍嫌不够，他手中抱着昏迷过去的蔺择秋，眼眶布满血丝，阴鸷狠厉似变了一个人："我要把人撕碎了扔进沉水江喂鱼。"

方才听了楼毓的话蹙眉者，现下脸上更是愤愤不已，觉得这两人太过目中无人了。

调停的人道："姑娘可还有其他办法？"

楼毓挑衅一笑："自然有，譬如我烧了你半艘画舫，以泄我心头之恨。"

- 贰 -

巨船在水面缓缓航行，一直响着的风铎声忽然被切断，没有任何征兆。只因桌案前的人趴着睡熟了，刑沉温令人停了那声音，免得惊扰到他，又拿了一件大氅替他披上。

船内布置与岸上寻常人家的阁楼无异，左右梨花木雕窗对开，风徐徐吹来，青灰色琉璃莲花香炉中焚着香，从江面掠过的白色水鸟一声鸣叫，悠远地传开。

周谙缓缓转醒，刑沉温望着面前的沙漏，遗憾地说："给你计了时，也就睡了一刻钟。"

"你到底有多无聊？要是闲得发慌，就去马槽喂马。"在刑沉温吃瘪的表情中，他露出笑，复又淡了下去，"老刑，有楼毓的消息了吗？"

刑沉温摇头："她恢复了女儿家身份，在幕良现身，还刺杀了皇帝，然后又失踪了。现在皇帝和楼家的人都在找她，只是不知道皇帝有没有发现她是以前的楼相……按理说，她其实是临广人，小时候跟随母亲在临广生活过，应该会回临广才对……"

周谙说："未必。楼宁已死，临广对她来说不见得是多值得留恋的地方。"

思及此，他哑然，如今于她而言，还有什么是值得留恋的？

视线朝前方江面眺望，稀薄的雾后，有一簇跳跃的红色火苗尤为显眼。

"老刑，那是千重门的船？"

刑沉温定睛一看，拍腿："就是我们的画舫！怎么会着火了？"

两船之间相隔的距离不远，只因有雾相隔，缥缥缈缈看不真切。刑沉温还未走，那边已经有人来报，说画舫上有人闹事。

刑沉温道："已经好几年没人赶上来送死了，今天中午来一道剁椒人头。"

两个属下把头垂得更低了。

"不要这么血腥，"周谙听罢笑了笑，"你去处理，我再歇会儿。"

刑沉温也怕他无聊，故意道："千重门门主是你不是我，你不管管？哪怕出去看看也好，你就没一点好奇心，不想看看是谁在闹事？"

周谙毫不犹豫："不想。"

画舫上，楼毓在甲板上烧了千重门的两面旗帜，火苗蹿得旺，实际上却没有造成多大的破坏，她心中有分寸。但屈不逢是个没分寸的，蔺择秋那一跌，把他的神志都快跌没了，烧旗子怎么够，现在他看谁都跟仇人似的。

屈不逢还要再发疯，怀里的人揪了他一把。

屈不逢一疼一怔，像被蚂蚁咬了一口，低下头看怀里的人。蔺择秋睁开一只眼睛，说了一声"别闹事"之后又闭上了。

屈不逢这才反应过来，他居然是装的！

楼毓见他后知后觉的样子，不由得叹了口气，可真是够呆的。

楼毓转过头去又变了副神色，凶神恶煞地说："听闻你们千重门内有神医，要是能把我朋友治好了，这事就算结了。"

画舫的主事人正左右为难，旁边上来个做小二打扮的人同他耳语了几句，而后主事人对楼毓俯身拱手道："正逢我门总舵经过，千重门愿请几位小友登船一叙，到时定有神医替姑娘的朋友诊治。"

楼毓见东边的那艘大船果然在往这个方向驶来。

众人哗然，没想到就这样还真能闹到千重门去，心里又难免生出些恶意，想着彪悍的姑娘和她朋友估计要遭殃，在葛中地界得罪了千重门。

渐渐地，大船离画舫只有几步之遥。

楼毓低声对屈不逢道："你不是一直想去千重门看看吗，这就是难得的好机会。"说罢，她抱起大黄，屈不逢抱着蔺择秋纵身飞上了对面的甲板。

邢沉温负手而立，这事原本也不由他管，千重门内各司其职，各有负责的人，但他最近烧菜时缺乏灵感，没有烧出自己满意的新菜式，想找点乐子，启发启发自己。

只见面前闪现两道人影，一青一白，一个怀中抱着人，一个怀中抱着狗。

邢沉温正要开口，乍一看清其中那个女子的面貌，面色一变。他是在周谙那儿见过楼毓的画像的，惊艳佳人，看两眼自然就记住了。他什么也没说，古怪一笑，转身便走了。

屈不逢纳闷地问楼毓："他怎么一见我们就跑？千重门的人也不见得有多厉害嘛。"

楼毓也不解。

三步并作两步，邢沉温跑到了周谙面前："猜我看见谁了？"问完又问，"你知道闹事的是谁吗？"

周谙狭长眼尾一挑，趴着睡觉压出一点淡淡的红，见邢沉温这不太寻常的反应有些讶异，却没开口。

"哎呀，你怎么不问？"

"我不问难道你就不说？"

邢沉温也不再卖关子了:"踏破铁鞋无觅处,得来全不费工夫。"他无比激动,"而且还是送上门来的!"

周谙直往外冲,忽而脚步一滞,又退了回来。

邢沉温说:"主上,你找人家的时候找得要命,现在人都在眼前了,你又来装矜持?"

周谙脸上绽着笑:"她现在上了船,还能跑得了?"他细细思量,"不急,不急。"

邢沉温说:"我他娘的都快急死了!"

楼毓一行人被请入一间宽敞的厢房,点心和茶都端了上来,他们倒像是上来做客的。人家说了,请他们少安毋躁,等回到岛上,自然会安排大夫给蔺择秋疗伤。

大黄吃得欢快,连啃了三个鸡腿。

蔺择秋也不必装了,从软榻上坐起来,跟楼毓商量:"我怎么觉得透着古怪?千重门处处是能人,我就这么随便一晕,方才定被人看穿了。"

"看穿了无事。"楼毓说,"我们本就是为了千重门而来,都混进来了,别的也无所谓了,走一步看一步。若真遇上危险,我们再想法子逃跑就是。"

蔺择秋打趣:"将军真是……能屈能伸啊。"

楼毓连连摆手哈哈笑:"不敌先生好演技,方才在画舫上那一跟头,都把不逢择蒙了。"

两人相视而笑,眼中尽是对彼此的揶揄。屈不逢无语地瞥了他们一眼,挠着大黄的背,吃起了点心。

船靠岛停泊,众人登岛。

正值春日,岛上桃花灼灼盛开,一眼望去连绵一片花海。四处鸟语花香,犹入人间仙境。亭台楼阁被掩映在万千花树中,有的露出一角飞檐,有的露出长长一条青灰屋脊,宛若花海之上漂浮的巨鲸。

蔺择秋自下船时就好了,再装可就要露馅了。

可人家居然也没觉得奇怪,甚至款语温言地说,无妨,还是请先生先歇着,再找神医来好好看一看,以免落下什么病根。

这就周到得有些过分了。

摔·跤还能落下什么病根?蔺择秋哑然,但见岛上风景好,多住两日也无妨,只是……只是学堂里的孩子,明日还等着先生回去教书呢。

楼毓说:"你现在是千重门的贵客,不是说他们这儿能人多嘛,让他们给找个脾气好、有耐心、会识字的去替你几天,你就当出来度个假了。"

楼毓把这要求一提,对方还真答应了,毫无怨言,看上去十分诚心诚意。

蔺择秋面露疑惑:"这倒真是奇了怪了,怎么会这么好说话,让我心里一点底都没有。"回头一看大黄,似乎半天就吃胖了,他摇头叹气,"要是多住几天,到时大黄估计不会愿意走了,就把它留在千重门看家得了。"

屈不逢幸灾乐祸地大笑。

三人的房间没有安排在一处。

蔺择秋与屈不逢住的叫南笙阁,小巧精致的院子内只有两间主厢房,楼毓则被安排在南笙阁西面的一座院子。两处相距不远,不过中间隔着重重水榭亭台,要绕一段路才能去对方院里。

周谙对这样的安排颇为满意,虽未说什么,但邢沉温看得出这厮内心雀跃,不由得哼笑了一声。

"雀暝呢?"周谙说,"安排他去给那位先生看一看,虽然人家本来就是装的,但这个过场还是要走的。"

说曹操曹操到。

一个不修边幅鹤发童颜的老头儿走进来,腰间别着一个酒葫芦,走路好似醉癫癫的:"门主和老邢都在呀……"

"雀老,得麻烦你一件事。"周谙道。

"我知道我知道,我都听说了。"雀暝笑笑,在周谙下方的团蒲上不稳地坐下,一把年纪了还八卦地打听,"门主,我听说三人中的那个姑娘是你的心上人呀……"

周谙用茶盖撇了撇杯中的茶叶:"你想问什么?"

雀暝眼中发光:"那妄生花毒的解药也就是出自那位姑娘之手啰?"

周谙打击他:"解药是她给我的没错,但你我都知道,却是炽焰谷已逝的那位药王炼出来的,你找她做什么?"

"这位姑娘能把解药搞到手,想必和炽焰谷渊源匪浅,我得去向她打听打听炽焰谷的事。"雀暝是药痴,对于自己落后于药王的事一度耿耿于怀,十分想打探打探敌情。

"人都死了,你能不能别那么较真了……"邢沉温话还没有说完，雀暝已经不见了人影。

周谙抿了口茶，悠悠道："让人拦住他，叫他先去南笙阁。他现在贸贸然跑去找楼毓，恐怕又会生出事端。"

邢沉温领命下去，心道你不就是怕雀暝嘴上没个把门的一下把你给供出来了呗。

此处风景好，翌日楼毓悠然自得地逛了半天，跟春游似的。她差点忘记自己来千重门到底是干什么的了。

"一探究竟"，脑海中闪过屈不逢说的这四个字，楼毓才想起来她也是有任务在身的。

千重门牵制着葛中一带，她若能把这里探个究竟，定能方便日后行动。或是能与千重门的人结交，也不错。

逛久了，楼毓也逐渐发现了其中端倪。这岛上清静，也无人看守，偶尔才能遇上几个丫鬟走过，看似毫无防范，实则另有玄机。庭院布局仿五行八卦而建，分明就在眼前的院落，却如隔了万重山，怎么也走不过去，绕来绕去，又回到了原地。还有些去处迷雾重重，上空充满瘴气，院内种满奇花异草，凝着剔透露珠的花瓣上有剧毒。

楼毓寻回住处时差点迷路，一到房间便把走过的地方凭着记忆画下,标示出来。

发现仅十二处地点,差点把她困得团团转。

偌大的千重门,如同一座迷宫。

屈不逢和蔺择秋也不知怎么样了,唯独大黄来了两次,叼着楼毓给的鲜虾饼在院子里转两圈又走了。看它这么清闲自在,楼毓估计它那两位主子应该也没出什么大事。

楼毓索性问人要了根钓鱼竿去池塘边钓鱼。

申时的太阳当空挂着,亭台的琉璃瓦上流转着一段一段的金光。水面倒映着岸上的一草一木,午后的风吹皱一池清水,楼毓支着下巴,估摸着里面会不会有鱼。

她把板凳放置在池边一片巨大的嫩绿芭蕉叶下,也懒得再去土里挖蚯蚓,只准备了些米饭和面团作饵。

鱼线就这样被抛了出去。

半晌不见有动静,楼毓无聊地折了根树枝,在地上草草画了几笔,搁在膝上的鱼竿终于动了一下,她还未来得及提竿,从身后嗖地飞出一颗小石子砸入水中,漾开一圈又一圈的涟漪,鱼也早被惊跑了。

楼毓回头，什么人也没有。

钩上的小面团已经被鱼咬走了，楼毓再一次弄好鱼饵抛竿入水中。这一次她专心静候时机，也没有分神去干别的了。

一只瓢虫从头顶的芭蕉叶上掉下来，顺着她的脚踝开始往上爬。楼毓用手指弹开虫子，膝上鱼竿一动，小石子又从天而降。

虫子飞了，鱼跑了，楼毓又慢了一步。

她回头往后看，风从桃花树间穿过，什么人也没有。

第三次抛竿，楼毓聚精会神等待大鱼上钩，目不斜视地盯着平静的水面。鱼竿有动静时，她没有急着提竿，第一反应是回头看。

"嗖！"

小石子从嶙峋的假山后飞出，假山后藏着个翩翩的白袍公子。

白袍公子露出了脑袋，还没缩回去，被芭蕉叶下冷面人的目光锁定。

冷面人说："周谙，你多大的人了，有意思吗？"

周谙从假山后走出来，望着楼毓痴痴地笑，目光灼人，跟看不够似的。他站在摇曳的一树桃花下，眼角眉梢都藏着欢喜，嘴上却说："去年冬天你在琅河村不告而别，你都弃我而去了，我吓跑你几条鱼算什么……"

去年冬天琅河村一别,楼毓以为她与周谙恐怕此生无缘得见,却未想到有一天竟会与他在葛中重逢。

淡淡的喜悦涌上心头,她看他面目上的沉郁之色消散,想来妄生花毒解了之后,他的身体已经慢慢康复。见他如此,她居然也替他开心。

太多的疑问和困惑缭绕在心头,有太多话要问,又好像什么也说不出口,楼毓一时静默无声,立在树荫中,广袖被风吹荡犹如映着水中的波纹。

周谙见此,朝她走进,俊美无俦的面容上蓄满了春阳般的笑,双臂张开:"娘子,久别重逢,咱们难道不该来一个热情似火的拥抱吗?"

楼毓鬼使神差地没有将他推开。

日头晒得人发疲的午后,熏风吹拂在耳边,让人浑身都懒洋洋的,她闻到熟悉的淡而安宁的药香味。

这人将她抱得很舒服,让她想起幼时一次生病时,楼宁给她的怀抱。楼宁从不主动抱她,常将她视若草芥,卑贱如泥,好似她是楼宁从路边捡起的一片粗粝灰瓦,可碾碎,可抛弃。那一夜楼毓几近病入膏肓，深浓的暮色中，月光邈远，她艰难地睁开眼睛，却发现楼宁抱她在怀中。

无论时光流逝多少年，楼毓永远也忘不了楼宁那时的模样，她在那个怀抱中第一次懂得了被人珍惜的感觉，明白自己来到世上并非没有人爱她。只因有的爱复杂而沉重，但是终会在岁月中昭然若揭。

"你还想要抱多久？"楼毓问。

周谙不情不愿地松开她："阿毓，你真的很扫兴啊……"

楼毓不理会他语气中的控诉："你怎么会在千重门？"

"谁叫你在千重门！你走了之后我一直在找你呀，既然你来了千重门，我当然也要留在这里咯。"

楼毓蹙眉："说实话。"

周谙立即改口："我是千重门门主。"

"这就是你的身份？"

周谙斟酌了会儿，望着楼毓的眼睛说："应该说是我的身份之一。"他这样坦诚，都让楼毓挑不出刺来了。

他精致面颊上浮出一抹淡红，故作暧昧状："你若是感兴趣，不妨今夜来我房中，我细细说与你听。"

回应他的是楼毓拍过来的巴掌。

- 叁 -

京都幕良。

巍峨的宫殿森然矗立在暮色中，朝两边敞开的朱红色宫门好像猛兽张开的血盆大口，要将面前的一切吞之入腹。

楼府的家宴上，楼渊被一道圣旨召唤进宫商议要事。

自去年秋冬开始，朝中动荡。因宁夫人一事受到牵连被降级的几位楼姓官员迟迟没有被官复原职，那场风波已然过去，被搅乱的局势似乎恢复了平静。可朝堂之上波云诡谲，臣子们噤若寒蝉，在不断观望中。春日虽然到来，皇帝与世家之间潜藏的暗涌迟早会掀起一场狂风大浪，席卷整个南詹国。

宫灯明明灭灭，树影摇曳，风抽动枝条呼啸作响，分明是春天了，这个深沉的夜却营造出了寒冬的氛围。

皇帝身边的大太监见楼渊来了，俯身见礼："大人快进去吧，皇上在等您。"

楼渊踏入金碧辉煌的殿中："参见皇上。"

孝熙帝深深地凝望面前的青年，自华贵的明黄色龙袍中伸出手，九五之尊亦有无力诉说的时候。

"平身吧。"

楼渊只觉古怪，上次他私自放走楼毓，按理说他应该会被重罚，却风平浪静，似什么也不曾发生。他抬起头来，发现皇帝身边还站着个年迈的妇人，白发苍苍，眼神有些混浊，正怔怔地望着他。

"楼爱卿可知，上次刺客行凶之事，朕为何会轻易饶过你吗？"孝熙帝问出了楼渊心中的疑问。

"微臣不知。"

"你贴身佩戴的玉环可在？"

楼渊不解为何皇帝会清楚他的贴身物件，却还是从脖子上取下红绳，上面坠着的玉环在满室的烛光中散发出莹润的光泽，其上雕刻的蟠螭纹栩栩如生。

老妇人上前一步，对楼渊说："大人可否将这枚玉环交由老身看一看？"

楼渊迟疑地递给她。

老妇人拿着玉环细细观察许久，对皇帝说："的确是当年淑妃之物。"

"我的贴身佩戴之物，怎么会是淑妃的？"楼渊喃喃地问出口，他满腹疑惑地望着妇人，妄想从她混浊的眼神中看出一丝答案。

"你是朕与淑妃之子。"孝熙帝一语道破了真相。

楼渊下意识地反驳他："这不可能。"

曾经淑妃早产，太医断言她腹中是个死胎。婴孩生下来时，没有啼哭，没有脉搏，守在殿中的产婆被牵连受罚，被贬出宫。

孝熙帝自上次见到楼渊的玉环之后，命人在民间四处寻找产婆，顺着一丁点蛛丝马迹把人找回来，只为还原当年事情的真相。

太医、产婆、宫中的老嬷嬷、当年值班的侍卫，都被淑妃收买过，她早产生下的是健康的婴儿，却瞒天过海，把孝熙帝也骗过去了。

"那……为何我会出现在楼府，变成楼家的第七个儿子？"楼渊露出困顿的神色，眼中透露出一丝迷茫。

老妇人道："你可知你在楼府的母亲曾是淑妃娘娘的陪嫁丫鬟，淑妃仁慈，见她到了婚配年纪，便准她出宫嫁个好人家。丫鬟相貌清丽，生得好，被现在的楼家家主在茶楼喝茶时看中了，一顶花轿便把人抬进了楼府……她们主仆二人情深义重,淑妃娘娘信得过她,便把你托付给了她照顾……"

楼渊回想自己在楼府如履薄冰般度过的二十来年,嘴角浮出一抹讥诮。

"她为什么这么做?"

"孩子,你要理解一个母亲的苦心。淑妃娘娘身患顽疾,她知道自己恐怕等不到你长大了,这宫中暗涌潮生,你一个没有母妃能依仗的皇子,如何能活得下去?她唯一能够做的,就是不顾一切把你送出宫去啊……"

楼渊漠然听闻这一切,心中没有答案,接下来该如何,认亲?在这个世家和皇权闹僵的节骨眼上,皇帝费尽心思把成年往事揭出来,是想要做什么?

空蒙的远山之上遥遥升起一弯残月,他感觉风从四面八方灌进来,这个时刻,他没有想念那个从别人叙述的口吻中听起来很爱他的淑妃娘娘,没有想眼前的九五之尊兴许就是他的生父,没有想他尊贵的身份,却十分想念那个戴着半边面具形容懒散常常不修边幅的女子。她还未被封相,他们曾在楼府一起生活时,她总是护着他,比护犊子还厉害,倘若有人欺负他,她就会对那人露出锋利的爪子。

她贴身携带的那柄匕首非常厉害，削铁如泥，也曾把梨木雕刻成一朵花送给他。

"阿七，好看吗？给你了。"

她认为好的，觉得漂亮的，都想一股脑儿地塞给他，不管不顾的。

思绪飞远了，许久许久都拉不回来。在一室的肃穆和寂静中，楼渊放任自己去想她，孝熙帝却以为他陷入了沉思和艰难的抉择之中，在认认真真地为今后做打算。

风猛然吹熄了窗台前的一盏灯火，楼渊抬起头来，目光沉静毫无波澜，仿佛之前的谈话从未发生过。他问孝熙帝："皇上希望我怎么做？"平淡的声线中，无一丝希冀，也无一丝野心。

莹润的玉环回到他手上，独眼的螭盘旋其上，半合眼眸。

皇宫与楼家，有什么区别？

于他而言，不过是多了一条路。

葛中，千重门。

桌案上的账本厚厚摞起，周谙查账查到一半，邢沉温咬着块馅饼进来汇报："雀暝那老家伙去找毓姑娘了，你猜怎么着了，居然没有被赶出来！"

雀暝一直想找楼毓打听妄生花解药的事，周谙怕勾起她不好的回忆，三番五次派人阻拦，却挡不住雀暝这块狗皮膏药一直黏着，今天终于让他逮着机会。

邢沉温躲在院门外偷听两人说话，居然发现雀暝和楼毓相处得还不错。

雀暝笑眯眯地打探："小毓姑娘，你去过炽焰谷吗？"

楼毓说："没去过，但是听我娘提过几次。"

"那你听没听说过药王？"

"当然。"

"那你觉得，我和药王谁更厉害？"

"不知道，我跟你们都不熟，没法比较。"

"哎呀，不要这么较真嘛，就说说你觉得谁会比较厉害。"

"你。"

雀暝胡子一吹，瞪大眼，又震惊又欢喜："你说什么？再说一遍我听听！"

楼毓说："药王死了，天大的本事都无用，你还活着，还有无限可能，光凭这一点，你就比他厉害。"

雀暝一蹦跃到了桃花树上，仰天大笑，被一番话说得全身舒畅，心中也豁然开朗:"哎呀哎呀,难怪门主会喜欢你,你这小姑娘真是讨人喜欢,老头子我要是再年轻个五六十岁,我也来追你了……"

邢沉温把两人的对话一一复述给周谙,听到这里,周谙拂开账本说:"我一个门主,哪能这么累,老邢,剩下的活儿归你了。"

他说完就走了,不带任何停顿,留下猝不及防的邢沉温。

邢沉温郁闷:"我一个厨子,整天啥事都得忙活,我还累呢。"

周谙赶过去时,楼毓院子里的石凳上已经坐满了人,除了雀暝,蔺择秋和屈不逢也在,大黄站在大水缸前,盯着里面的红锦鲤看了许久。

一院子的欢声笑语。

周谙站在外面,面前两扇木门虚掩,留下一条两指宽的缝隙。从他站的这个角度望过去,能够看到的人正好是楼毓。

她看上去比周谙想象中的过得要好。

今天终于穿了件颜色艳点儿的衣裙,海棠红的上襦搭配雪青的下裙,长发用一根碧玉簪子绾起,人显得很精神。她正在认真地听蔺择秋和屈不逢说什么,脸上的神情恬静,日光漫过广袖上的白茶花刺绣,光晕轻轻笼着她。

见过上战场杀敌的楼毓，见过坐在春阳下喝茶的楼毓，周谙不明白，楼渊为什么会舍得放弃这样一个人。

周谙推开院门进去，雀暝立即拆他的台："在外面站了半天，舍得进来了？"

楼毓朝周谙看过去，并不意外。她也是习武之人，恐怕早就发现了他。这里坐着的，大约也只有一介书生蔺择秋自始至终不知道门外有个偷窥者。

周谙是主，蔺、屈二人是客，前几天因为闹事被请上岛来，这还是第一次跟主人家见面。蔺择秋从容地对周谙笑："这几日在岛上，多谢门主热情款待。"

周谙回礼："不用客气，你们是阿毓的朋友，当然也是我的朋友，我还得多谢你们把她带到岛上来，不然我和她不知何时才能够重逢。"

蔺择秋从中听出了点猫腻："你和小毓……"

还是雀暝耿直："小毓姑娘就是我们门主夫人啊！"

蔺择秋大吃一惊，连一直没说话的屈不逢也终于指着楼毓说："原来你早就成亲了！"

楼毓微微挑眉，却也没有否认，她与周谙的确拜过天地，是事实，这时与他争辩也无意义。

雀瞑道:"我们门主夫人可真厉害，头一回来葛中就差点烧了千重门的画舫。"

屈不逢恍然大悟地跟蔺择秋说:"难怪我们在岛上这几天有吃有喝，还没人找我们麻烦。"

蔺择秋点头，揶揄地看向楼毓:"嗯，我们沾了小毓的光，得谢谢她。"

周谙还来插一嘴"我的便是她的，她若还想烧，我给她递火把。"

雀瞑感慨万千:"都说红颜祸水，红颜祸水，果然没错……"

"诸位，"楼毓开了口，"我要小睡一会儿，你们都请回吧。"

这是嫌弃他们聒噪，终于下逐客令了，大黄似起哄地"汪汪"两声。

院子里终于安静下来，楼毓回了屋，四下寂静，清浅的日光淡淡如流水般漫进来。她其实毫无睡意，就是忽然想一个人静一静。等到万籁俱寂，只剩风吹桃花的那丁点儿响动，她又觉得心里发慌，无所适从。

门外响起脚步声，是周谙去而复返。

他推开门，楼毓有些诧异："怎么又回来了？"

周谙说："想看看你。"

"刚才不是见着了？"

"刚才人多，坐得又远，没看仔细。"

楼毓目光坦荡，周谙又说："还以为你会把雀暝赶出去，他老缠着你问妄生花解药的事，你不烦他吗？"

楼毓沉吟片刻，摇了摇头："他这样子，有点像我师父。我师父叫袊尘年，我也是不久之前才知道，师父其实就是楼宁，是我的生母。"

只说到这里，楼毓就顿住了，不再继续。周谙见她依旧风淡风轻，没有多难过的样子，其实她心里已经天翻地覆。

楼毓抿了抿唇，岔开了话题："我和不逢好奇千重门是怎么回事，贸然就跑到岛上来了，住了这几天，该回去了。"

"不是好奇吗，那就好好逛一逛，别急着回去，想知道的事情直接问我也可以。"

楼毓视线在他身上打量，像是头一次认识他，想起他说的千重门门主是他的身份之一，那便意味着还有之二、之三，那些又会是什么？周谙这人，始终像一个猜不透看不穿的谜。

周谙仿佛在等她开口问,似乎只要她问,他便全部如实相告。

没有隐瞒,也不会有欺骗。

但楼毓只是垂眸静静望着手中的酒杯杯沿,她并不打算问下去,问下去就意味着和周谙的牵扯越来越深。

在她犹豫踌躇时,周谙却将那些话倾倒而出:"我还有个名字,叫归横,太子归横。"

当朝的天才太子,楼毓听说过无数次的人,幼时便精通机关偃术,十二岁身患癔症,变成个疯人,最终自焚于东宫。楼毓无法把传说中的那个天才太子和眼前的周谙联系到一起。

"自焚是障眼法,所有人都以为我死了,我离开幕良来到了葛中,以周谙的身份重新开始生活……"

惊天的秘密在这个春日的午后被道出,院外飞花,屋内两人对峙。楼毓打断他:"别说了……"她微低着头,不太敢去看周谙的眼睛,"别说了,我觉得现在别人说什么都像在骗我,我看什么都觉得是阴谋,你告诉我这些又有什么用呢?"

一颗真心捧上前去,人家却不想要,周谙想,大抵就是现在这样的情形。

狭长的凤眸眯了眯,潋滟的天光映在墨色的瞳孔中透出几分旖旎，他的音色有些哑："嗯，被骗怕了，是这样的。"他又追问一句，"我也不例外吗？"他从未想过要骗她。

"你也不例外。"

- 肆 -

蔺择秋到底还是惦记着春蚕学堂里的孩子，没住几日便要下岛，从千重门离开了。这次过来，没探听到什么机密，也没弄明白千重门究竟掌管着多少生意，日日在岛上吃喝玩乐，再过下去就乐不思蜀了。短短几天，大黄比上岛之前胖了不止一大圈。

自从知道楼毓就是周谐夫人之后，屈不逢好像看楼毓顺眼多了，见她和蔺择秋窝在一处说话，也没有那么介意了，不再像以前哼哼唧唧地过来捣乱。

楼毓同他们一道回去时，屈不逢问："你怎么不留在岛上？"

楼毓说："我为何要留在岛上？"

"你都嫁给千重门门主了，不得嫁鸡随鸡嫁狗随狗吗？"

楼毓冷笑了一声："你去问问他，当初是谁娶谁嫁。"

屈不逢没听明白，但是为了避免他再问下去楼毓打他，他还是聪明地闭上了嘴巴。虽然他从小打到大打架从来没有输过，但是他在楼毓手下当过兵，见识过楼毓上战场杀敌的场面。

屈不逢承认，楼毓是个难得的对手。

她一点都不像个女人。

也真是难为千重门那位一表人才风度翩翩的门主了，居然娶了这样一个人，这一辈子不知道会不会很难过，很后悔。

蔺择秋在屈不逢脑袋上敲了一下："想什么呢你？"

屈不逢摸了摸脑门，蹭了过去，双手缠住了他的胳膊，嘀咕道："择秋啊，还是你最好……"

楼毓心想，这可真是个傻子，被打了，还乐呵呵的。

登岸后的第一天，楼毓不顾蔺择秋的挽留，独自回了之前落脚的客栈。

回客栈的途中她遇到几个人，他们坐在路边的茶棚里说话，听口音，像是从京都幕良来的，看那一身打扮，倒像是富家子弟结伴来游山玩水的。楼毓不做任何停留，匀步路过，回客栈收拾了东西之后不动声色地从后门走了。

方才那几人，看似平常，却因一双靴子露出了马脚。

白底鳞纹皂靴，是楼府家兵的标志。

屈不逢淘着米，见楼毓去而复返，不解地问："你有什么东西忘了拿？"

"择秋呢？"楼毓反问。

"刚一回来，学堂有个孩子就跑来了，说家里不让他上学了，哭着来找先生想办法，他去人家家里了。"

楼毓点了下头："等他回来你告诉他一声，就说我最近有事，出去避一避了。"

屈不逢这次反应奇快："出什么事了？来抓你的人来了？皇帝老儿是不是见你没死就真想弄死你？"

楼毓勾了勾唇，笑容很淡。

"那你赶紧跑吧，你可是千重门的门主夫人，半个葛中都是你的了，你还怕什么。"

楼毓过去捶了他一记，猝不及防，砸得屈不逢肩上一震："我何时说过我怕了？"说完人就没了影。

屈不逢继续把米洗干净了，望着楼毓消失的方向，心里还是忍不住担忧起来。

暮色四合时分，还不见蔺择秋回来。

炊烟袅袅，晚饭已经做好了，出去玩耍的大黄闻着香味都回来了。屈不逢把菜焖在蒸笼里，又站在房顶上等了会儿，四野茫茫，没个人影。

他提了个灯笼，出去接蔺择秋回来。

下午在院子里哭了半天的那个孩子，好像是叫喜儿，家住……家住虎王岭那一片儿，屈不逢不太确定地回想。

虎王岭那一片算是葛中最穷的地带了，他一边想着，一边往郊外去。

茶楼酒馆和万家灯火渐渐都被抛在了脑后，春夜里凉，风刮在身上不再像白天那样是暖的。屈不逢右手提着灯笼，左手上还搭着件青灰的袍子，那是给蔺择秋准备的。

脚下的路也逐渐变窄了，不知何时换成了田间的小道。

对面遥遥出现一点星火。

屈不逢加快了步子，不太确定地喊："择秋，择秋……"

那个黑影应了他一声，屈不逢忽地放下心来。

"怎么这么晚啊？"走近了，屈不逢一只手给他把袍子披上，一只手牵着他。路窄,堪堪容下两个人并肩同行。

"跟喜儿的父母说了许久,耽搁了点时间,转眼天就黑了。"

屈不逢掌心跟火炉似的握着他,没一会儿把冰凉的指尖都焐热了。两人慢慢往前走,灯笼照着前方的路。

"最后谈妥了?"屈不逢问。

蔺择秋笑着点点头:"总算谈妥了……喜儿底下还有两个弟弟一个妹妹要照顾,小的才几个月大,家里照顾不过来,想要留喜儿看顾家里。我同他父母说,喜儿以后是考状元的料,平常刻苦用功,人又十分聪颖,可不能耽误他的好前程……又说这虎王岭一带八百年都没出过一个状元,如今轮到你家了,怎么不知好好珍惜……"

"说得口干舌燥,"蔺择秋眼中有一丝无奈,"虽说有些骗人的成分在里头,但好歹喜儿能够继续上学了。"

屈不逢说:"兴许喜儿长大以后真是个状元呢。"

"那就要看他自己的造化了。"

两人有一句没一句地说着,悠闲地往家走,檐下亮着烛火,灶上温着饭菜,这样想一想好像夜色也温柔起来。

不远处的草垛上,楼毓望着他们渐行渐远的背影出神。

她也是见蔺择秋迟迟没有回家，担心他遇上楼家的人找麻烦，出来寻他的。下午她和屈不逢告别之后，其实并未走远。

如今见两人安然无恙，她也终于放了心。

她不知静默地站了多久，夜深露重，等蔺择秋和屈不逢走远了，也没有动作，好似一个僵硬地立在田间的稻草人。

天地浩大，她满身疲惫，不知该去向何方。

良久之后转身，却发现不远处的田垄上，有个人也在等她。周谙从暗处走出来，叹了口气上前："原本想看看你何时才会发现我，没想到等了这么久……"

"你怎么来了？"楼毓问。

周谙无奈："怎么老问我这个问题……"他叹了口气，上扬的凤眸隐在黑夜中，心中的怜惜却满溢出来，"我老觉得你需要我，我便来了。阿毓，你说我自作多情也好，我就是来了，你别老赶我走，行不行？"

他把手中的氅衣披上楼毓的肩膀，楼毓迟迟没有回应，胸膛里的一腔热血也慢慢冷却下来，手终于快要收回去的时候，却被楼毓握住。

她说："我不赶你走，这次我跟你走。"

楼毓跟周谙回了千重门，在这里，她不用担心楼家的人或是皇帝的人马找到她。无论如何，她不想再回幕良去了。

在千重门，她变成了所有人口中的夫人。

她不辩解，周谙常常站在一旁，近乎纵容地笑着。

渐渐地，两人竟变成了旁人口中的神仙眷侣。

周谙如他自己所说，全心全意信任她，处理事务不曾回避，账簿和各方拜帖从不刻意收起，甚至有时还跟楼毓提起。

楼毓有时想，她为寻一处港湾，躲过幕良的大风大浪，利用这个人，是否过于自私。偶有一天，两人在一盏烛火下对弈，她望着对面周谙的眉目，满怀愧疚，垂在膝上的左手却触摸到藏于身上的兵符。

一块冰冷的玄铁，镌刻出双龙的纹路，牵连多少条人命。

太子归横，如今的周谙，已经富可敌国，仅仅差这一样东西了。

楼渊放她走后，是否也觉得可惜，没有从她身上得到这最后一样有价值的东西。

她此时大概懂得，当初楼宁三十藤鞭，抽得她满地打滚，抽得她不得不从军，不得不揽大权，实为用心良苦。

这一枚兵符，成为她在乱世中的保命符。

夏日来临，晚间蛙声阵阵，还有聒噪蝉鸣。

这几天事务多，周谙连熬了两天，房中灯火彻夜未歇，南北两窗又没有及时关上，呼呼吹了凉风，第五日便感染了风寒。倒也没有大碍，雀瞑给抓了几服药，让人按时煎了往书房中送。

周谙自己并未放在心上，以前泡在药罐子里的那段时光差点忘得一干二净，苦味还在心头。他端起药碗，将浓稠刺鼻的药汁灌下，神色淡淡。

邢沉温和几个亲信坐在下方："主上，您要等到何时？暗地里招兵买马筹谋多年，不及毓姑娘手中的一枚兵符，兵符一出，京都五十万大军候命……"

周谙摇头。

连邢沉温也一时耐不住性子："您若是开口问……"

"我不想变成第二个楼渊。"周谙突然道。

他因鼻子堵着，说话时有嗡嗡的鼻音，另外几人没反应过来，唯独邢沉温心里清明，对他们说："今天就这样，散了吧。"

很快屋里只剩下他们两人。

"你觉得如今的楼渊如何？"周谙问。

邢沉温思索良久，想到如今京都紧张的局势，楼家被皇帝摆了数次，自己的损失也不小，楼渊的处境多半不太好，却说："位极人臣，权势在手，又有如花美眷的一段姻缘，想来过得不错。"

周谙面目含笑："我却不想变成第二个他。"

邢沉温一愣。

"倘若他真的过得不错，何至于寤寐思服，辗转反侧，平白活了二十多年，连想要的人都抓不住。"他依旧满面春风，似在说一桩乐事，只是笑意不达眼底，"我不会步他的后尘。"

"兵符的事，以后再从长计议。"

纵然邢沉温还有千言万语，也全部咽了回去。

楼毓被安排在周谙的院子里，两人的房间仅有一墙之隔。她打开房门，见隔壁漆黑，想来周谙还没有回。

穿过雕景华柱式的回廊，园子东侧有一间箭馆。

箭馆宛如建在水中，四面环水，有潺潺的流水声响在夜色中。楼毓把馆内的壁灯一盏盏点燃，整个室内顿时亮堂起来。

许久没有拿弓的手有些生疏，瞄准了前方红色的靶心，神思却飘到别处。

一连三箭，都脱靶了。

有个丫鬟端着小半碗热腾腾绿莹莹的碧粳粥过来，站在门口观望，说:"奴婢见夫人晚膳没用多少，特地熬了碗粥过来给夫人尝尝。这种粳米粒细长，微带绿色，炊时有香，尤其受门主喜爱。"

楼毓搅动着碗里的粥，见丫鬟候在一旁跟她介绍，听到这里时不由得抬了一下头。丫鬟见她望着自己，脸霎时变得通红。

柳叶眉，杏仁眼，绯红的菱唇，面若桃花。

楼毓想，的确生得俊俏。

"你们门主爱吃这个？"

"夫人不知道吗？"

楼毓反问："我为什么要知道？"

"他是你夫君，他爱吃什么，有何喜好，你不都应该了如指掌吗？"

"我不知道。"楼毓说。

丫鬟目露疑色，看楼毓的眼神有着明显的不赞同，似乎想要反驳她，却又不知该怎么说才好。

"你叫什么名字？"

丫鬟不明所以，讷讷地说："回夫人，奴婢叫凤莹。"

"跟在门主身边多久了？"

"三年。"

"三年，"楼毓琢磨着，"三年也确实够久了。"

凤莹听后也有些得意，千重门这么多丫鬟里头，她算得上是资质最老的一位了，平素对周谙吃穿喜好也摸得一清二楚。

"你喜欢他？"楼毓突然一问，搅乱了凤莹的心神。

"奴婢不敢。"凤莹嘴上这么说着，心里却是不服气的。

"喜欢便是喜欢，有什么不敢的，况且，我看你也没有不敢。"

楼毓看着她，嘴边噙着一点淡漠又倨傲的笑，似是根本不把凤莹放在眼里，又似是见自己的东西受到别人觊觎时的那种藐视。曾经的那个楼相，仿佛在这一瞬间又回来了。

话音飘落，凤莹吓得扔了手中的提盒，跪下请罪："夫人误会了，奴婢对门主绝对没有非分之想……"

"怎么这么热闹？"周谙一路循着光找来，就看见了眼前的场景，凤莹跪在地上瑟瑟发抖，楼毓一脸冰霜。

目光落到楼毓手中的粥碗上,他笑问她:"是不是这丫鬟煮的粥不合你的胃口?"他自然地揽过楼毓的肩,偏头同她说话,"凤莹手艺不错,我见你晚上没吃多少东西,才让她晚上做些小食送到你房间……"

凤莹听他前面说的几句,难免有些骄傲,面上还未露出喜色,又听周谙对楼毓说:"倘若你不喜欢,我就……"

"你就怎么?"楼毓挑眉。

"我就只能自己下厨给夫人开小灶了……"悠长一声叹息,无可奈何又甘之如饴的心酸甜蜜,不知落到了谁心上。

凤莹如遭重重一击,如置身冰天雪地之中,冷得失了神志,顿时什么话也忘记说了,匆忙收拾了东西走了。

楼毓见她似乎落荒而逃,心中也不知是何滋味,脸忽然被捧住,周谙把她的视线夺回到自己身上。

"还看谁呢?有为夫好看吗?"

楼毓似笑非笑,也未挣脱开:"千重门中的丫鬟个个如花似玉,我多看两眼怎么了?门主真是好福气。"

"我自然是好福气,你也不看看我娶了谁。"周谙从善如流地接了话茬,眉目含笑,"阿毓,你是不是吃醋了?"

"没有。"楼毓矢口否认。

"有，你因为我吃醋了。"

"呸！"楼毓孩子气地横了他一眼。

周谙哈哈大笑，顿觉无比开怀，毫无征兆地把人拥入怀中，声音如鱼尾摇曳在水面漾开的水纹那般轻柔："我很开心，阿毓，我很开心，你终于表现得有点在乎我了……"

耳畔低低的声音好却好像要一直传到人心里去。

"都说不是了……"楼毓打死不承认，最后却消了音。

脸颊被周谙温热的手掌摩挲着，渐渐变得滚烫起来。她逃避似的偏过头，却看见窗外的盛景。

池塘中，荷花开得正好，晚风徐来，水波不兴。

第五章 满船清梦压星河

- 壹 -

南詹皇宫中的景象,周谙已经许久不曾见过。

迷宫一般的园中园、殿中殿,各式的亭台楼阁,屹立百年而不倒。王朝的荣辱兴衰都被载进了史册里,只有沐浴在日光下的琉璃黄瓦每隔几年就翻新一次,永远熠熠生辉。

在周谙走路尚且不稳,还不及一把椅子高时,他就被立为太子。

他的生母懿贞皇后是位德高望重的女子,满腹经纶,学富五车,年纪轻轻就到了能设坛讲学的地步。南詹民风开放,她戴着帷帽坐在台上侃侃而谈,林间的月光与雪都沦为了她的陪衬。

懿贞容貌清秀,在后宫中算不上出众,因才识出众才坐稳了皇后的位置。

周谙是她手把手教出来的儿子,自然不会差到哪里去。饶是如此,当年的周谙,也就是太子归横,五岁时表现出来的天赋也着实让懿贞皇后大吃了一惊。

机关偃术,少有人能精通,一个五岁的孩子却抱着竹简日夜琢磨,旁边还细细写下了标注。懿贞皇后一行一行看下去,忽然抱起周谙,眼中有光,她叫他的字:"玄谦,你将会是南詹最出色的皇帝。"

树大但招风,古往今来,一贯是这个道理。

在这座深宫之中,有关太子的传闻不知何时渐渐多了起来,说他乃天上星君转世,生来便是天子的命格。随着他一日一日长大,懿贞皇后一日一日衰老,流言更像长了翅膀一样满天飞。

孝熙帝尚还在位,就被不及十二岁的太子抢了风头。等到这位太子再长大些,又该如何,岂不要把皇位拱手相让?

短短两个月内,各种意外频繁发生:狩猎时马匹发狂,急速狂奔后从山坡上连人带马滚下去;寒冬夜跌入荷花池,身后像有一只无形的手推了他一把；还有刺杀。倘若懿贞皇后有丝毫疏忽，太子归横便被这深宫无声无息地吞噬了。

"玄谦，你喜欢这皇宫吗？"懿贞皇后问。

"不喜欢。"小少年摇头，十二岁的他历经重重生死之后，眉宇间凝重，隐隐有了阴鸷和戾气。

"那就离开这里。"懿贞皇后告诉他，"但是你离开，是为了往后风风光光地回来。这皇位还是你的，你依旧会成为南詹最出色的皇帝。"

一日后，他被太医检查出身患癔症，神情灰败，疯疯癫癫，穿着戏子曳地的长衫，浓妆艳抹，吓坏了殿中伺候的宫女太监。

不多时，他又清醒过来，偶尔又魔障了，反反复复。有时站在御花园中大哭大笑，有时如同稚儿站在假山上蹦蹦跳跳，有时扮作土匪，有时摇身变成个女人。

大家都说，太子疯了。

疯了的太子，在他十二岁生辰那日，自焚于东宫，放一把火烧死了自己。

那把火也烧死了孝熙帝的心头大患，南詹宫中从此太平。

十二年后的周谙，在离京都幕良千里之外的葛中醒来，梦中滔天的烈火仿佛真的将他焚烧成灰，那么真实。

他猛然坐起，浑身冰冷，不愿意顺着记忆再去经历一遍那些不堪回首的往事。房中漆黑，他摸黑下床，不慎打翻了旁边桌几上的茶盏。隔夜的茶水打湿了衣袖，冰凉地贴在手腕上，反倒让人冷静下来。

大雨过后，夏夜的暑气消散，只有池塘中的蛙鸣始终聒噪地响着。

楼毓听到隔壁的动静，似是瓷器碎裂的声音，她了无睡意，想了想，还是点燃烛火，叩响了隔壁的房门。

无人回应。

"周谙？"楼毓又问。

房中静悄悄的，好似根本没有人在。

"周谙？"

第三次询问依旧没有反应之后，楼毓直接推开了门。摇摇晃晃的烛火往前一照，就见前方地上瘫坐着一个人影，鬼魅一般。

"你坐在地上做什么？"

周谙原本垂着头，眼睛往上看，一瞬间幽深的眸子里那些翻涌沸腾的情绪还没有散干净、藏起来，楼毓猝然撞上他狠厉的眼神，像在雪夜中被一头狼的目光锁定。

她愣神时，周谙已经恢复了平日里的模样，朝她伸出手："拉我一把，腿麻了。"

楼毓将信将疑，点燃了旁边烛台上的蜡烛之后，走过去拉他起来。

手腕反被握住，被人往后一拉，楼毓没有防备地倒在周谙身上，发出一声闷哼。喑哑的声音中带着一丝调笑，从头顶传来："相爷警惕心大不如从前啊，还是……你只对我不设防？"

楼毓推了他一把，居然没有推开。周谙五指攥着她的手，用了很大的力道。

两个人的身体贴在一起，说话的时候能感觉到彼此胸腔的震动，让人有一种亲密无间的错觉。

"你要在地上躺到什么时候？"楼毓问。虽说是夏天，但夜里的温度也不高。

"起不来，都说了，我腿麻了。"

楼毓知道，这人是存心想要耍赖。

"还有，我刚刚问你的，你还没回答呢。"周谙不依不饶，"你是不是对我不设防了？是不是已经在尝试着信任我了？"

他满眼期待，过于热切的目光如同一张网把楼毓困住。原本停了的大雨不知何时又开始下了起来，敲打着屋顶的瓦片，透过檐下香榧和桃树的枝叶噼里啪啦地砸在地上。楼毓脸上一凉，风把雨丝送进了屋内。

她又推了推周谙："起来。"

"不。"

"我数三下，一、二……"楼毓的眼睛往门外斜了一眼，微不可察地勾了勾唇，"三……"

周谙正要看她能怎么办，数到三也不撒手。楼毓忽然使劲，手肘作为支点在地上撑了一下，身体如一根被压弯之后的翠竹忽然弹起，就那样笔直地站了起来。

随后她双手倏地抱住周谙的腰，把他从地上拽起来，直往床上拖。

周谙："……"

楼毓手一松，把人甩到被褥上。

周谙说："夫人，你太粗暴了。"

楼毓掸了掸衣襟上根本不存在的灰尘，眼睛仍然时不时往房门外望，脸上带着戏谑的淡笑。

"不对你粗暴点，你还赖在地上未起来。"

"这么说来，还得多谢夫人了。"

楼毓冷哼了一声，周谙忽然坐起，朝那扇紧闭的房门走去，一把将门推开。门外的凤莹露出一脸偷听被逮住的惊慌。

"你在干什么？"

一句冰冷的质问将凤莹的神志拉回，她连忙跪下请罪："求门主责罚，奴婢只是路过园子，想要前来询问门主是否要吃夜宵，又一时被大雨困住，就站在檐下避雨……"

周谙道："漏洞百出。"

凤莹慌了神色，她平日见周谙永远一副翩翩贵公子笑盈盈的模样，未见他发过怒，今日见他，俨然变了一个人似的，她顿时六神无主，心中七上八下，不知道会被如何责罚。

"周谙……"楼毓突然喊了一声，周谙见她摇了摇头，显然不想再追究下去。

三言两语把凤莹打发走了,周谙回到室内,楼毓已经寻了一个舒服的姿势躺倒,一只手臂枕在脑后,眼睛望着素白洁净的床幔,话却是对周谙说的:"你千重门的丫鬟都这样猖狂吗?居然敢躲在主人家的卧房外偷听。"

"还是因为那丫鬟伺候你久了,所以胆子才大了?"

"跟了你三年,是挺久的了。"楼毓又自言自语地补充。

周谙被她一本正经又有些别扭的模样逗笑了:"阿毓,你这是第二次因为凤莹跟我吃醋。"

楼毓侧过头,避开他灼灼的目光。

"你啊,为什么就是不愿意承认一次呢……"周谙笑着叹气,无可奈何。他和衣挨着楼毓躺下,两人共枕而眠。

"你不肯承认你因凤莹而吃醋,不承认因为关心我而前来房中探看,若是换个不相干的人,你夜晚听见他房中传出茶盏碎了的声音,会亲自过来?若再换一个人,你会毫无防备地与他一同躺在榻上安安心心地说话吗?"

周谙的声音夹在一阵嘈杂的雨声中,富有节奏地敲击着楼毓的耳膜,宁静又悠长。好像她行走在幽深的石洞中,头顶岩石上的水珠从石缝中滴落，砸在地面上，缓慢而清晰。

是啊，如果这人不是周谙，她又怎么会放心地与他同床共枕，心中没有一丝防备呢？换作是旁人，她怎么会因为听见一声茶盏落地的声音，而紧张地过来察看？

从何时起，周谙这个名字对她来说已经具有了非比寻常的意义，变成了她心中一个特殊的存在。

"那么说说看，为什么三更半夜突然就把茶盏打碎了，我进来的时候你还坐在地上，发生了什么事？"

周谙失笑，头疼地揉了揉眉心："阿毓，你这话题转得够快的，咱们刚刚分明是在说你，你怎么又扯回我身上了……"

蜡烛已经快要燃尽，烛火昏暗，如同天将入夜之时，光线无比微弱，对方脸庞的轮廓在彼此的眼瞳中变得模糊又温柔。

"你说说看……"楼毓依旧坚持。

周谙拿她没办法，无奈地转了个身，面朝着她侧躺着，两人的呼吸瞬间拉近，熟悉的药香再次侵占楼毓的嗅觉。

她刚要推开，却被周谙抓住了腰带："你躲什么，不是要听我说吗？"被刻意压低的声音好像梦中的呓语。

楼毓终于妥协，贴着他不动了。

"你说。"

周谙顺着她的胳膊一路缓缓向下，抓住了她的手，扣住她的五指："刚刚做了个噩梦，摸黑坐起来想找水喝，手不稳，就把茶盏给打碎了，并未发生什么大事。"

"噩梦？"楼毓追根究底，"你梦到什么了？"

周谙拥着她："梦到南詹皇宫，我还是太子归横时，在那里生活。梦到我屡次遭到刺杀，最后被逼得没法儿了，只能装疯，一把火把自己烧死，借此离开幕良。"

掌心不知不觉中被扣紧，楼毓的另一只手安抚地攀上了他的背脊。两人似两株藤蔓，在雨夜中相互依偎。

有人分担的感觉总是好的，那些残酷的往事不用独自和血吞咽，好像痛意也被转移了大半。周谙想，倘若自己没有遇到这么一个人，这样的楼毓，是不是今生都不会有机会将这些话宣之于口了？

他平复情绪之后，继续道："宫中之人皆以为我自焚身亡，死在了那场大火里，实际我来了葛中，一切重新开始。葛中是我的生母懿贞皇后为我选中的地方，她说这里是个祥瑞之地，又有大商机，地理位置优越，当地门阀世家林家外强中干，不足为惧，假以时日，必能一举将其推翻，为己所用。"

楼毓在京都之时，对懿贞皇后的事有所耳闻，当年楼宁进宫时，懿贞皇后已经故去，听说是积劳成疾，又常年忧思郁郁，才会英年早逝。

"我离开幕良时，问母后她为什么不跟我一起离开？她说她是一国之母，她有她的责任，她不能走……"

"可她却安排你离宫？"

"对。"周谙说，"她告诉我，离开只是暂时的，离开是为了更好地回来。"

楼毓在这句话中听到了懿贞皇后的野心和对权力的渴望。

"那你呢？"楼毓问他，"你是如何想的？你想回到幕良吗？"

周谙一怔，从未有人这么问过他。

他的母亲懿贞皇后把所有的期望寄予在他身上，理所当然地认为他有帝王之才，必能开创一代盛世。他的部下如邢沉温等人，这些年忠心追随，陪他一路披荆斩棘建立千重门，陪他一步一步朝着那个目标奋进，从未问过他初衷。

如今被楼毓这么一问，犹如当头棒喝，心魂都被震了一震。

他紧张又期待地看着楼毓，烛火在这一瞬彻底熄灭，视野中忽然一片黑暗，近在咫尺的人也看不清楚了。

"如果我想，你是不是会离开我？"

视线被斩断，其他的感官变得分外敏锐起来。楼毓觉得与自己相扣的那只消瘦的手越来越冷，如同枯枝燃烧过后散去余温的一把灰烬，渐渐在她掌心里凝成了一块顽石，寒意刺骨，轻易将人冻伤。

可她这次没有瑟缩，也没有躲开。

带着一丝坚定，她抓住了那只手，捂在自己温暖的胸口。

"我不会因你是太子归横而跟你在一起，亦不会因你是太子归横而离开你。"她声音平和，不似在沙场之上振臂一挥的浩然大气，更像涓涓流水，坚韧地绕过千万重阻碍向汪洋大海汇聚，"我跟你在一起是因为你这个人，与身份无关，与旁人无关。你有你自己的抱负与责任，我不会因你要承担的东西，而否定你，离开你……"

楼毓往下还说了什么，周谙听不见了，他满脑子都回响着"我跟你在一起"这几个字，这些声音串起来，在耳边炸成一片烟花海。

他抱着楼毓笑起来，前所未有的畅快与开怀。

如有春风过境，谁心上万物复苏。额头相抵，他捧着她的脸，反反复复不厌其烦地确认："我们在一起了，我们终于在一起了……"

楼毓心一软："傻子……"

- 贰 -

楼毓与周谙蜜里调油地过了一段时间，却逢南詹全国大规模暴发涝灾。一连多日暴雨冲刷，洪水横流，泛滥肆虐。

葛中濒临沉水江，靠水而生，正因如此，早有防范意识。多处修建堤坝，抗洪排涝，城内修建排水干道，旁支横络、纵横行曲、条贯井然、排蓄结合，反倒受灾程度较轻。而幕良和临广各地，架不住连续的强降雨侵袭，许多堤岸与房屋被冲垮毁坏，一时间百姓怨声载道，民不聊生。

朝廷与各地府衙的抗洪救灾短时间内没有起到多大的效果，渐渐有民众揭竿起义，虽然很快被镇压下去，但也给孝熙帝敲了一记警钟。孝熙帝不得已召集三大世家进宫，共商救灾事宜，这无疑是皇权向门阀世家的一次低头和妥协。

周谙收到飞鸽传书的密报，随手把字条悬在火苗之上，烧成了灰烬。

乱世里往往有更多的时机，这次洪灾，也不失为一个机会。京都幕良已经乱成一团，各地被镇压的起义随着洪涝的加剧势必会再次死灰复燃，皇帝和世家名义上联手救灾，暗地里又相互算计，乱成一盘沙。

不会有比现在更好的时机了，周谙想。

这几日楼毓晚上睡得不安稳，房中彻夜点着安神的息和香，她虽早早上了床闭着眼睛，但也得熬到半夜三更才能酝酿出一点睡意，结果被噼里啪啦的雨声一冲，脑中顿时又清明了。

周谙又叫人熬了暖胃的粥，端过来时就见她抱着薄毯坐在床头，双眼不知望着何处发呆。

"是不是在千重门住习惯了，现在上了岸，反倒夜里睡不着？"周谙打趣。开始下暴雨的第一天，水位高涨，他们一行人就已经从岛上撤离上了岸。

楼毓浑身倦倦的，提不起精神，瞥了他一眼。

"睡不着的话，过来陪我吃点。"周谙把人拉下地。

楼毓见他这几日辛苦，眼睛下一圈黑的，到底有些心疼，便坐过去陪他喝粥。

依旧是碧色的粳米粥，但味道却与往日不同。楼毓想起什么，问："不是凤莹煮的？"

"她离开千重门，这几日回老家了。"周谙轻描淡写道，吹了吹瓷调羹中的粥，就往楼毓嘴边送。

楼毓对他这种三岁小孩的行为颇为无奈，但纵容，配合地张嘴。

她自知凤莹不可能无缘无故离开千重门，这其中想必还有些曲折，但周谙不说，她也没必要深究，且结果摆在面前，还是她乐意见到的结果，这就再好不过了。

"灾情如何了？"口中粳米香软，楼毓声音含糊。

"不乐观。"周谙道，"再过两日，我可能要去幕良一趟，你……"他顿了顿，改口道，"葛中与临广的交界处有几座小县城没有受灾，其中有个叫辜渠的小村落原本贫穷落后，那里的人世代种茶，后来经千重门大力扶持，渐渐发展成一个不大不小的富裕镇子，环境很好，也养人，你要是愿意，就去辜渠住一段时间如何？"

葛中并非最安全的地方，一旦他率大部分人马回京，把楼毓留在这里绝对是个隐患，到时候如果朝廷与楼家各方找到她，后果将不堪设想。

周谙有他的顾虑，他希望楼毓能够转移到一个安全的地方，不会出任何差错，不会有任何闪失。

但是，这仅仅只是他的希望而已，最后的决定权仍然在楼毓自己手中。

"好，我去。"她却轻易地答应了。

周谙明显一怔，似是不敢相信她就这样同意了："你愿意去辜渠？"

楼毓点头，看着周谙现在这样子反而笑了："我去辜渠不好吗，你不也说了，那里是个好地方，我应该会在那儿过得不错，而且还能让你安心，既然这样，我为什么不去？"

周谙一把抱住她，趁机伸手揉她的头发，笑道："阿毓，你怎么这么贴心呢？"

楼毓喝了半碗粥，现在胃里是暖的，整个人浑身上下也是暖的，她的下巴抵在周谙肩膀上，明白他此次去幕良定是一路凶险，她不问他去做什么，只说："一路平安，我在辜渠等你回来。"

- 叁 -

分别在即，周谙走得很急，楼毓与他是同一天出发的，只不过一个北上，一个南下，两个截然相反的方向。

周谙觉得这样的兆头不好，好像两夫妻恩断义绝分道扬镳似的，脸上不太高兴。连刑沉温也看不下去了，觉得这位主子只要遇上楼毓的事，平日里的果断决然就半分不剩，变得婆婆妈妈的，让人十分看不惯。

但是看不惯归看不惯，到底什么也不敢说。

"主上，你再耽搁下去，会误了大事的。"刑沉温十分隐晦地在边上提了一句，表情沉痛。

"只要媳妇儿没跑，天没塌，就行了。"

刑沉温听完更糟心，周谙横了他一眼，道："你这种没娶媳妇儿的人怎么会懂我的心情……"

刑沉温："……"

时间飞逝，到了不得不出发时，两路人马在葛中的城门口驻足了许久，一出城门，摆在面前的便是截然不同的两条路了。

楼毓为了掩人耳目，避免太过张扬，选择了坐马车，身边只带了一支护送的小分队，对外就宣称这是哪家的小姐回家省亲。

周谙一把撩开车帘，弓身钻了进去。

"我这次去辜渠，临走之前本应该跟蔺先生和屈不逢打声招呼，这几日被你缠着，却把这事给忘了。"

周谙说："怪我。"

他认错快，甭管错没错，一把揽下总没错。在夫人面前辩解都是徒劳，没有半分好处，只会影响夫妻和谐。且相处久了便知道，楼毓这人铁血丞相当久了，向来吃软不吃硬，顺着她让着她，才是道理。

周谙转身下去拿了一套笔墨纸砚上来，摊开在矮几上，对楼毓说："你留信一封，给蔺家兄弟交代音信，有人替你把信送到他们手上。"

楼毓道："这倒是个好主意。"

她提笔在纸上行云流水写下数行字，墨香四溢，忽然抬头望向周谙："到时候，我给你写信。"

周谙听罢笑了："一言为定。"

瓢泼大雨落在马车顶，两人相视而笑，颇有一种苦中作乐的感觉。

午时告别，中途雨停了一会儿。走出辜山亭之后，楼毓回头往马车外望了一眼，周谙的人马已经彻底消失在视线之外，再也看不见，只有远处重重的青山连绵不断。

分别不过片刻，心中就积攒了话要说，她苦笑着摇头。

记得之前有一次蔺择秋提起，他因事夜宿在一个学生家中，第二日一早推开房门，就见屈不逢坐在屋檐下等他。他问："你何时来的？"屈不逢不说话，固执地看着他。他无奈地说："不过是离开了一宿，你连一宿也等不了？"

屈不逢回道："我连一个时辰也等不了。"

那时只当玩笑话听着消遣，今时今地，却无师自通，领会了其中的感受。

楼毓于是开始提笔写信。

这一路上，周谙每经过一个驿站，就会飞鸽传书来报，他在信中交代自己到了何地。只是时间渐渐往后推移，他的来信间隔越长，内容也越短越仓促，想来要忙的事情也越来越多。周谙到达京都幕良之后，给楼毓的信中已经只剩下只言片语——"平安抵京，勿念，珍重。"

此时的楼毓也快要到辜渠，她从葛中到辜渠的距离原本比周谙从葛中到幕良的距离要近，只是周谙走的是官道，楼毓这边多崎岖不平的山路，结果反而让周谙领了先。

想来周谙如今忙救灾之事必定忙得焦头烂额，也不宜分心，楼毓便简单在纸上写下"珍重"二字。

连同楼毓，他们这一行共有七个人。不管是丫鬟还是车夫，都是千重门中武艺高强之人。明日再赶半天路，便能到辜渠，今晚便停下来在树林中休息。

出了树林不远处有一个官府的驿站，名义上是官员专用，但是这地方偏僻，路过往来的多是商贩和普通百姓，渐渐衍生出一条不成文的规矩，只要你给银子便能在里头住一晚歇歇脚，有房有马厩，总比你露宿荒郊野外要强多了。

以前楼毓率兵打仗时，多艰苦恶劣的环境都经历过，如今窝在马车中再住一晚自然也不成问题。只是近来她连续赶了好几天的路，又身体抱恙，连带着心情也不佳。她这人不喜欢委屈自己，既然有更好的选择，便不至于要退而求其次。

于是她带着几人花了重金，住驿站。

楼毓舒舒服服地泡了个澡，换了身干净的衣裳，再准备去厨房贿赂贿赂厨子，让他加两个好菜。结果一出门，就见对面厢房的门也开了。

墨色的深衣几乎与外面浓厚的夜色融为一体，驿站后院檐下的灯笼摇曳着惨白的光，模模糊糊把人的轮廓勾勒出来，照不见他漆黑一片的眼底。

"楼渊？"楼毓一时哑然。

雨还在下，两人之间隔着千万重水雾和夜色，经年再见，让楼毓竟生出一种风雨飘摇，乱世中与故人重逢的错觉。

此刻，她的心却格外平静。

不再有当初听闻他的婚讯时的愤怒，不再有看见他与庄憎雨相敬如宾时的嫉妒与不甘，不再有因楼宁故去之后而迁怒于他的绝望和刻骨铭心的恨意，那些曾经在心中沸腾的、咆哮的、挣扎的情绪，像炙热的岩浆喷发之后慢慢冷却下来，凝固成灰白僵硬的岩石。

如今她看他，已与陌生人无异。幼时相伴的情谊，早已无声无息消失在一夜又一夜的长风之中。

楼渊撑着竹骨伞，跨过他们之间的那一段距离。

"你怎么会在这里？"他问。

楼毓淡笑："这话应该我问你。"

这荒郊野岭的，又是葛中与临广的交界地带，楼渊怎么会出现在这里？

楼渊看出来她的疑问，解释道："我原本就在临广救灾，人马不够，过来葛中搬救兵。此次洪灾中葛中受灾程度最轻，城中排水措施和系统都有值得借鉴的地方，正好借机学习……事态紧急，抄近路过来，路过驿站，就在此歇息一晚……"

对于楼渊这番话楼毓半信半疑，但与她并无多大的干系，她随性地点了点头："那你忙，你忙……"

这打发人的客套话听得楼渊心中一紧，莫名不是滋味。雨水顺着伞面的纹理缓缓往下淌，掌心冰冷潮湿，自己也分不清是不是雨水。攥紧的五指用尽了全力，但好像什么也握不住，正从指缝中悄然流失。

两人之间一步就可跨越的距离，却让楼渊无能为力。

"夫人……"长廊的另一头走来一个模样清秀的妙龄少女，显然是在称呼楼毓。

楼毓朝楼渊摆摆手，道："有人叫我，我先走了。"

楼渊因那称呼一阵恍然，楼毓却已经走远。

刚才呼唤楼毓的那位女子是千重门中的大丫鬟，是个人精，她眼珠骨碌一转，楼毓就知道她想干什么。

"不准通风报信。"楼毓按住她的手，"不准告诉周谙我与楼渊在驿站偶遇。"

少女面上带笑殷勤地应着，楼毓目光在她脸上扫了一圈，又道："别以为我不知道你在想什么，若是日后我与周谙对质，知道你多嘴了，就把你的嘴缝起来。"

少女下意识地捂住了嘴巴，大概没想到门主夫人是位这么难缠的角色。

楼毓在位已久，沉浮官场几载，对人心还能揣摩出几分。

她语音一落，少女连忙再三保证："全听夫人的。"

楼毓点了一样菜式，想到楼渊，心中还是有所顾虑，道："通知下去，明日天亮了我们便启程，不再耽搁了。"

早到辜渠，大家早安心。少女听她这么说，也高兴地答应下来。

楼毓浅眠，翌日天蒙蒙亮时，雨声停了，外面传来窸窸窣窣的响声，不待人来叫，她便自己醒了。穿衣洗漱好，再草草吃了东西，把一切装点好，一行人就准备上路。

谁知一出驿站，楼渊的人马已经等在外面，与楼毓碰了个正着。楼毓掩过眼中一闪而过的诧异，换上了几分漫不经心的笑，道："七公子，好巧啊，又遇上了……"

"阿毓，可否借一步说话？"楼渊神色认真，带着一丝恳切。

楼毓原本想早起跑路,却被人逮了个正着,只好点头:"好啊。"

驿站旁边就有茶棚,老板还未开张,才摆好桌椅,就迎来了今天的第一单生意,灶上的火烧得旺,壶中的水呼呼地响。

楼毓落座,身后的两个人欲跟上去,被她阻止了:"就是与朋友说几句话,一会儿就好,你们在外面等着。"

茶棚外两队人马对峙,都有一种看对方不顺眼的感觉。茶棚内一男一女各踞一方,对面坐着,遥遥的天光从窗户口投射进来,落在两人身上,镀上一层模糊的光晕。

"你还怪我吗?"

楼毓不明白楼渊问的是哪一桩,道:"本就不该怪你。"

楼渊喉头一涩,见她云淡风轻的模样不像是假的,不慎被滚烫的杯沿烫伤了手,他却没有缩回,任凭那点痛意从指尖蔓延,面上是万年不变的不动声色。

"为什么不怪了?"他声音隐忍。

楼毓被他满含质问的语气弄得一怔,不明白这人好端端发什么疯,非得她恨他恨得抽筋剥皮他才痛快?

心中的话百转千回,楼毓再三斟酌才说:"你娶庄憎雨是明智之举,事实证明,你们可以过得细水长流。楼宁之死也与你没有多大的关系,我当初迁怒于你,怪你没有救她,其实是她执意求死,谁也拦不住她。"

楼渊听她如此坦诚,心中不知是悲是喜。

"我现在也有喜欢的人了,他对我很好,最危急时也没有放弃过我,我答应了把这辈子都给他,要同他好好过完这一生……"

她说话时难得露出一点小女人神态,双颊浮现出一抹红晕,像是想到某段甜蜜的回忆。她并没有丝毫要炫耀的意思,只是把真情实感认真地讲给楼渊听。

她一贯如此,喜欢了便是喜欢了,不会掩饰。不爱也就是不爱了,无论如何也不会回头。

楼渊同她一起长大,再明白不过她是如此心性,可越是明白,此时心中越是无望。

外面的天不知不觉已经完全亮了,楼毓估计外面的人已经等急了,对楼渊说:"咱们就此别过吧,日后有缘再见。"

楼渊拦住她,眉头紧缩:"你还没告诉我你要去哪里,现在各地洪灾频发,又有瘟疫肆虐,你……"

他摆明不放心楼毓。

楼毓避开他的手:"不用替我担心,我自有安全的去处。"

见楼渊还要再说，楼毓拉开了两人之间的距离，冷了眉眼，方才片刻的温情好像只是楼渊的错觉。

"七公子，我们到此为止，如若你愿意，以后我们再见面还是朋友，但是私事，彼此还是不要过多干涉为好。"

楼毓一行人继续赶路，眼见着再越一座山就是辜渠，这时候，不出意外的话，她本该收到周谙的飞鸽传书。

往日收到的信只是越来越简洁，今日却连只言片语都没有了。

说不失望那是骗人的，但楼毓明白，这说明周谙必定在忙大事。她忽然从马车上跳下来，问身边一个随从："周谙这次去幕良到底是要干什么？"

"小的不知。"对方显然很为难。

但楼毓知道，现在安插在她身边这几人均是周谙的亲信，他们对他的行踪和计划不可能完全一无所知。她之前没问，是没有深想，是出于信任，也是下意识地认为周谙多半是为赈灾之事。现在深想了，背后惊出一层冷汗。

这次全国涝灾引发的各地暴动不断，被现实逼迫走投无路揭竿而起的民众太多了，周谙前去京都会不会跟这事有关，他会不会——

也要反了?

　　见楼毓坚持不肯再上马车,目的地辜渠分明就在眼前,众人也急了。

　　之前与楼毓接触颇多的那个大丫鬟忍不住说:"门主这次去幕良带了不少人,之前千重门中驻扎在各地的兵马也有所异动……"她一下子向楼毓交了底,"有几场起义,本就是一早策划好了的,奴婢这么说,夫人可明白了?"

　　丫鬟提心吊胆地留意着楼毓的神色,她知道楼毓在周谙心中的分量,如若变着法儿地隐瞒,说不定会让两人心生罅隙,倒不如如实相告,寄希望于楼毓,祈祷楼毓能够理解。

　　好在楼毓真没有再追究下去,她知道周谙自有打算,她既然答应了会在辜渠等他回来,那么她就不会食言。

　　只不过这下耽误了时间,后面有一人骑大马赶了上来,朝楼毓的人马大喊:"毓姑娘,毓姑娘……我家公子受伤了!"

　　一个粗胡子莽汉追过来,急声朝楼毓道:"毓姑娘,我家公子受了重伤,可否再留片刻,随我去看看他?"

　　楼毓疑惑:"楼渊受伤了?"

　　"公子前几日在临广救灾时,被一群不知好歹的刁民围住,其中有个孩子趁他没有防备时用匕首在他胸口刺了一刀，这几日赶路，公子也没能好好休息，一直在发热……刚才跟姑娘在茶棚聊了片刻，出来之后突然吐血昏了过去……"

听他这么说，楼毓仔细回想方才在茶棚时的情景，楼渊确实看着比往日要疲惫许多，当时她只当他是劳累过度，不知道他还有伤在身。

但楼毓还是拒绝了："你叫我回去也没用，不如赶紧给他找个大夫瞧瞧。"

汉子道："就是找不到大夫才来寻你！这里偏僻，驿站的人说最近的村子也得走半天，我听公子说过，你是懂医术的，之前在临广的药铺里收了两根百年的虎母草，他还说要留着给你，你一定喜欢……"

楼毓确实懂些医术，她这种人难免伤着碰着受点伤，小时候楼宁便教过她，但也只是略懂皮毛。她犹豫了片刻，还是决定回驿站去看一看楼渊到底怎么回事。

"夫人……"千重门的人不放心地想要阻止。

楼毓摆了摆手，道："你们随我一同回去。"

她与楼渊虽已划清界限，但是人命关天的事情，普通的路人尚且不能放任不管,何况是楼渊。

楼毓前去查看楼渊的伤势,把脉之后,利索地除去他身上的衣袍,胸前紧缠的绷带已经被鲜血渗出一片红,只是被外面玄色的深衣遮掩,众人皆看不出来。楼毓拿剪子剪了绷带,见里面的皮肉翻红,伤口已经化脓腐烂,边沿呈深黑色,有中毒的迹象。

刺伤楼渊的匕首可能是带毒的,只是分量轻,未入骨髓,楼渊一时大意没有察觉,叫人上了药草草包扎了事,隔了一段时间之后毒性才显露出来。

驿站虽然没有现成的大夫,但储存有不少药膏,以备不时之需。楼毓需要的药草倒是有现成的,小刀绷带也一应俱全,她替楼渊挖了腐肉重新上药。

虽用了麻沸散,但楼渊在昏迷之中一直冷汗涔涔。他似是在睡梦之中承受了极大的不堪承受的痛苦,苍白薄削的唇被自己无意识地咬出了鲜红的血珠。他的手在空气中无意识地想要抓住什么,却徒劳。

楼毓顿了顿,终究没有握上去。

要不了两个时辰,楼渊就该醒了。她正在盆中洗手,忽然后颈猛地一疼,意识顿时从脑中抽离。

第六章 何当共剪西窗烛

- 壹 -

楼毓在马车的一阵颠簸中醒来,猛地坐起牵扯着后颈剧烈一痛,登时又倒了回去。

这点动静惊动了马车外的人,一个青衣侍卫掀开帘子,楼毓有所防备,袖中滑出一柄匕首,第一时间朝那人脖颈间划去。但因浑身疲软力道不足,被青衣侍卫瞬间躲开,反手擒住。

"你是谁?"楼毓心中已有答案。

青衣侍卫板着脸，无一丝表情，如同一个没有生命的人，发出的声音也没有一丝起伏："七公子派我等护送姑娘去一个安全的地方。"

楼毓的猜测果然没错，但楼渊这是准备送她去哪儿？目的是什么？因为对千重门的人不信赖，所以想尽办法把她转移，是为了她的安全，还是想要利用她的身份做些什么？

许多种猜测从脑中一闪而过，楼毓稳住声音问："楼渊人呢？"

青衣侍卫用丝带牢牢捆住楼毓的双手，确定她逃脱不了之后，才回答："公子还有其他要事要办。"

楼毓感觉得出面前这个青衣侍卫虽年纪轻轻，但内力深厚，马车外像他这样的大概还有十来个，她现在要从他们手中逃脱，几乎不可能。

青衣侍卫出去之后，换了一个紫衣女子进来，墨发高高绾起，虽作男子打扮，但她玉面玲珑，五官精致，身形又十分小巧，楼毓一眼就能看出她是女扮男装，一开口，也是清脆的声音："我与毓姑娘同是女子，留在马车里照顾姑娘也方便些，若是姑娘有什么需要，尽管跟我说。"

名为方便照顾，实则近身监视。

楼毓也不多言，索性靠在车壁上，合目休息。她在等身体慢慢恢复，却发现自己的内力被压制在体内，根本提不起半分劲儿。

紫衣女子道："毓姑娘武功高强，为了以防万一，我们给你服用了消功散，在这一个月内你的内力暂时无用，你与一个普通人无异，便安心随我们走吧，不要再想着逃跑了。"

她说得如此直白，可见其决心，楼毓道："你出去，让我安生待一会儿。"

紫衣女子谅她闹不出什么大事故来，马车前后又有人紧紧跟着，便依言出去。

"等等，"楼毓叫住她，双手往前一送，"松绑。"

紫衣女子犹豫，楼毓半勾起唇角，眼神轻蔑含着几分威慑："你们这样对我，也是楼渊亲自吩咐的？下次见面，我得好好问问他。"

双手间的束缚顿时被解开，紫衣女手如刀刃般割断了那丝带。

他们一直在赶路，楼毓透过马车小小的窗口往外张望，根本不能判断这是到了哪里。外面陆续有流民经过，一个个衣衫褴褛风霜满面，有的还携家带口，瘦骨嶙峋的几个小孩猴儿似的在路边争抢半个烧饼。

楼毓之前虽然知道这次洪灾引发了大规模的饥荒,但如今才亲眼看到此番情景,方发现局势的严峻。

她正细细思索着,腹中牵扯着一痛,心中忽然有了主意。

楼毓突如其来的月事让几个青衣侍卫和紫衣女子十分头疼,她疼得满地打滚,捂着肚子冷汗直流,大有随时一命呜呼的架势。

"我来月事时一贯如此,如若不找到药店抓两服药调理,大概真能把人疼死……"楼毓勉强从齿缝中挤出一句完整的话,"到时候你们就把我的尸体交给楼渊好了……"

天色已暗,他们寻了落脚的地方。紫衣女子只好说:"只能等明日,明日一早改变行程,带你入城找郎中,别想耍花样。"

楼毓暂时达到目的,但也是真难受,小腹好似揣着一块千年不化的寒冰。如今她没有内力护体,无法抵御外界的一点寒意,起了风的夏夜,好像萧瑟的秋天。林中无尽的绿叶唰唰作响,编织成一张巨大的网笼罩在头顶,冷清幽凉的月芒如烟似雾。

架起的柴火堆不时爆出火星,守夜的青衣侍卫遍布四周。

楼毓没有胃口,喝了半碗热粥。周谙现在在幕良,离她有多远呢？知道她失踪了吗？会不会正在找她？这种忙到焦头烂额的时候，再要腾出多余的心思去记挂一个人的安危，应该会很累吧？或许千重门的那群人会把事情压下来，并没有把消息送去幕良？

楼毓忽然觉得，要是遇上最后这一种情况反而不错。假设一下，千重门的人为了怕周谙怪罪，或是为了怕周谙分心，干脆瞒下她的消息，悄悄找她，不让周谙知道，对她和他们来说不失为一种两全其美的方法。

她也不想让周谙为她担心。

她想她是楼毓，楼宁的女儿，遇到险境时定然可以靠自己的力量逃脱。

周谙之前说她可以试着依赖他。人总是爱听甜言蜜语的，楼毓也不例外，她亦有软弱的时候，想起两人之间情到浓处的誓言和许诺，现在不是不委屈，甚至有一点难过。

但她不想拖周谙的后腿。

她更想去辜渠那个世外桃源等他回来。

翌日进了小镇找药铺，楼毓听到当地人说话的口音才判断出这里应该在临广境内。她曾在临广生活过数年，知道这边人群混杂，又因地势缘故被分割得支离破碎，许多小城镇散落分布，方言各有差异，但多多少少楼毓都能听懂一些。

她本想拖延时间，运气却不佳，没走几步就看见一家药材铺子，门前的木匾上题了几个大字——春晖堂。

药铺前聚积的流民众多，多是来求药的。他们没有银子，连果腹的食物也没有，只能眼巴巴地蹲在药铺门前祈盼着老板大发慈悲能够施舍一点。现今饥荒不断，洪灾引发的瘟疫也开始蔓延，药材是珍贵之物。

春晖堂的老板每日最烦的就是早上开张，打开两扇门，就见一群人蜂拥而上。因此他不得已雇了两个牛高马大的保镖，一旦有乞丐上门，直接拖出去打一顿。示了两次威之后，流民们便不敢再上门求药，只是在附近扎堆，眼巴巴地望着春晖堂那块招牌。

楼毓等人上门，老板一见佩刀青衣侍卫的打扮，就知道这次是真的来生意了，赶忙热情地迎上去："客官，要点什么？"

楼毓自己知道该抓哪几味药材，但她不说。

"给我找个郎中来。"

老板知道这人身份定然不一般，非富即贵，主动殷勤地站了出来:"我就是郎中,顺带经营着这家小店。"

楼毓双眼往他身上一扫,讽刺道:"所谓医者有仁心,我见你这药铺前面立着两个保镖,还驱赶流民,想来也没什么慈悲心肠,还以为你就是一身铜臭味的商人,想不到你还是位郎中……"

她一番话说得老板满面通红,却还需赔笑。在一旁打杂的小学徒掩着嘴憋笑,双目之中流露出对楼毓的崇拜之情。

楼毓转身对一个青衣侍卫道:"我需另请一位郎中,这个我不要。"她想了想,又补充了几点,"要眉清目秀相貌好的,年纪不可太大,风度佳,衣着要整洁干净……"

老板讪讪嘀咕:"你这是要找郎中,还是找相公呢……"

紫衣女子听到楼毓的诸多要求,约莫也在纳闷,七公子到底看上她什么了,麻烦又矫情,月事来了痛得脸发青,还要作妖。但对她不满也需忍着。

"好,我叫人给你去找,我们就在春晖堂等着。"

青衣侍卫办事效率高,一炷香快要燃尽的时候,就领着一个背药箱的灰衣郎中回来了。虽没有完全达到楼毓的要求,但也算得上眉清目秀、面目和善,看上去十分顺眼。

郎中替楼毓把脉，立马写好了药方子，楼毓说现在就熬一服，不然她快要撑不下去了。

紫衣女子气愤不已，心说方才挑郎中时怎么不见你撑不下去了，要死了。但这些话还是只能憋在心里，说不得。于是又借了春晖堂老板的院子和药罐熬药，七八个人围着一个炉子站着，恨不得一秒就能把药汁倒出来给那位祖宗灌下去。

紫衣女子一回头，发现本来坐在藤椅上疼得死去活来的楼毓忽然之间人间蒸发，消失不见了。

"糟糕！"

一群人忙昏了头，又被她病痛的样子消磨了戒心，一时大意疏忽，大概没想到她在这种情况下还会逃跑。

"快追！她现在内力被封，绝对跑不了多远！"

楼毓是在一个巷子口被逮住的，确实没能够跑多远，就被青衣侍卫堵住了。紫衣女子现在看她眼中冒火，大有一副被她欺骗和辜负了的错觉。

"你还想去哪儿？"

楼毓再次落入他们的手中也不见恼怒，还是冰霜一般的脸，睥睨人的神色中带着一点漫不经心和倨傲，似乎并未把他们放在心上。

正要把楼毓再次带回春晖堂时，后面突然传来一阵仓促的脚步声，有人喊道："就在这里，官爷，他们就在这里……"

来者正是春晖堂中那个帮忙打下手的小学徒，他领着一群衙役往这边赶来，团团把青衣侍卫围住。

螳螂捕蝉，黄雀在后。

楼毓没打算这次就能成功摆脱青衣侍卫和紫衣女子，她在春晖堂时见小学徒似乎是个可靠的，趁人不注意时取了腰间的玉牌给他，让他悄悄去报官。那块玉牌是楼宁的遗物之一，大约是孝熙帝所赐，背面镌刻了皇族的姓氏，是身份的一种象征。

楼宁应该并未放在心上，随手将之丢弃，同衣服放在一起，后来被楼渊一并搜罗了过来给楼毓。楼毓当时挑中了这块牌子，想着用来傍身，今日还真派上了用场。

小学徒拿着玉牌去衙门，无论大官小官为了保住项上人头都不会置之不理，必定会带着衙役过来。

普通的衙役定然不是训练有素的青衣侍卫的对手，楼毓也没有寄希望于自己会被当地官员搭救，又一次羊入虎口。

她得自己逃脱。

衙役的作用还是有的，人多势众，和青衣侍卫打起来，占不了上风，但能把局面搅和得混乱。

楼毓再次趁乱溜了。

"毓姑娘！"紫衣女子这次眼睁睁看着她跑了，想要追上去，却被几个衙役绊住了脚，等她三五下解决掉眼前的麻烦，转瞬之间，楼毓又不见了。

她这次是真跑得没影儿了。

- 贰 -

西北角一处废弃的茅草屋后，楼毓换上了一身乞丐服，犹如变了一个人似的走出来，混在街边乞讨的人群里。佝偻的背好像怎么也挺不直，又脏又乱的头发遮住一双无神的眼睛，走起路来有点跛，拄着一根枯瘦的树枝，喉咙里发出呼噜呼噜好像漏风的奇怪声音。

她同一个孩子一起，趴在巷口旁边的墙上，从砖缝中找一种能勉强下咽的蕨类。

青衣侍卫从旁边路过时，那孩子正好拔出一根蕨，兴奋得哇哇大叫，吸引了青衣侍卫的注意。

楼毓心下一紧，当机立断地一把搂住孩子的腰，用当地的方言说："小宝饿坏了吧，小宝快吃吧……"

青衣侍卫看了他们几眼，准备从街对面过来的身形一顿，又匆匆忙忙地走了。

楼毓暂时逃过一劫，被她搂在怀里的孩子还愣愣的，脏兮兮的手中握着那根救命稻草，不知经历了一番怎样激烈的心理斗争之后，颤颤巍巍地把蕨菜递到了楼毓面前，打着哆嗦十分不舍地说："给你……"

字正腔圆的京都口音，他大概是从幕良南下逃命过来的，不是临广本地人。他方才听见楼毓说话，以为楼毓是当地的恶霸，一路上被欺负惯了的孩子为了避免挨打，决定向眼前这个怪人主动上缴自己唯一的口粮。

楼毓没接，从怀中掏出一个纸包，里面有两块点心，是之前从春晖堂顺走的。她先前估计之后的日子不会太好过，于是留了一手，这会儿全用到这孩子身上了。

小孩眼神闪烁，虽然心中极度渴望，但终究不敢伸手去接，怕眼前这个怪人糊弄他。

楼毓于是拿走他的蕨菜，平静道："我用点心换你的蕨菜，一物换一物。"

听她如此说，小孩再也忍不住夺过点心狼吞虎咽起来，似怕她反悔，也不咀嚼，拼命吞咽，差点噎住。楼毓在一旁看得惊心动魄，怕他噎死。

等小孩吃完，她又问："你是从京都幕良来的对吧？"

小孩登时警惕起来，楼毓说："我没有别的意思，就是跟你打听个事，你不用紧张。"

"幕良现在是个什么状况你清楚吗？"楼毓改口换了个简单的问法，"你之前在幕良的时候，有没有看见封城，人能够自由进出城吗？"

小孩说："我没有进过幕良城，我是旁边焦村的，村里遭了灾之后大家都走了。我本来想跟着村里的人进城讨点东西吃，但是听人说里面打起来了，幕良城里还不如外面安全，就又随着大人们一路到了这里……"

楼毓问："你家里人呢？"

小孩垂着头，刚才吃急了现在不停地打嗝儿，楼毓轻拍着他的背，他说："家里只有爷爷，爷爷在路上染了瘟疫，病死了，现在就只剩下我一个人了。"

楼毓沉默着摸了摸他的头,小孩不由得抖了一下,像是挨打前身体的自然反应。

楼毓不能在一个地方多作停留,青衣侍卫找不到人可能会去而复返,得赶紧转换地方。她走的时候小孩也跟着她站了起来,走了两步,像个小尾巴。

"你不能跟着我,我现在自身难保。"楼毓出声制止了他。

小孩失望地耷拉着脑袋,像犯了大错。等楼毓继续走,他照样沉默不语地跟着,乌黑的脸上一双眼睛无辜地眨着。

楼毓回头,从袖中掏出一根人参给他:"再多的我也没有了,你每次要是感觉活不下去了,就咬一口含在嘴里,这东西能救你的命。"

孩子不接。

楼毓塞进他衣服里,面上恢复了冷意,大步走了。她步子快,拐个弯就不见踪迹,孩子跑着没能跟上,眼睁睁看着一个大活人从他面前消失。他形单影只地站在马路中央,舔了舔干裂的唇,血腥味儿在舌尖蔓延。

楼毓重新换上之前干净的衣服，她躲过了青衣侍卫，现在要做的是赶紧拦车出城，离开这里。但倘若她还是一身乞丐打扮，无论哪辆路过的马车都不会愿意载她一程。

又恢复了原来的样貌从茅草屋后走出来，楼毓傻眼，先前碰到的那个小豆丁居然也在。

楼毓甩掉了青衣侍卫，居然被一个孩子盯上了，没能成功躲开，她没弄明白这孩子怎么找到她的。

"不是说了不准跟着我？"楼相的威严上来，震慑一方将士不在话下，遑论一个稚儿。

小孩被谪仙一般的人冷脸一凶，吓得又是一抖，眼眶中的泪要掉不掉，被水汽浸润的眸越发清澈明亮，最终又把那点水汽逼了回去。看上去分明怯懦，却又格外倔强地望着楼毓。

"随你吧。"

楼毓放弃了劝说，全心全意开始拦车。兴许是否极泰来，她这次运气不错，很快便拦到一辆出城的马车。

一个老妇人探出头来，听楼毓说明情况，收了楼毓头上的玉簪子便欣然应允，热情地让楼毓上马车。

楼毓回头看了小孩一眼，对上那双眼睛，心乱如麻，最终还是压住想把人一起带走的想法,对车夫道:"走吧。"

马车一路向北驶去,小镇逐渐被甩在身后变成一个模糊的轮廓,楼毓总算松了一口气。

"姑娘,你独身一人去幕良做什么?"车里的老妇人跟楼毓聊了起来,大概是不太信任的缘故,对于陌生人出于本能的防备,想要多打探两句。

楼毓说出了一早在心中拟好的说辞:"我丈夫在幕良做生意,多日来杳无音讯,我想过去看看。"

"现在外面乱得很,你可得多加小心……"老妇人说着抓住了楼毓的手。

楼毓不喜与人接触,动作快于意识地避开,老妇人保养得当的富态手指从肌肤上一擦而过,冰冷滑腻的触感让楼毓瞬间联想到了吐着信子的毒蛇,她敏锐地感觉到一丝不安,这是习武人的警觉。

"姑娘,渴了吧?喝点茶水……"老妇人拿出一个牛皮水囊递给她。楼毓道过谢,虽接过来了,见老妇人望着自己目光殷切,她仍谨慎地说:"我还不渴,先留着待会儿喝。"突然发现水囊上面粘着一只死苍蝇,还有小摊血迹。楼毓伸手拂开苍蝇,手指上不慎沾上了血，心头闪过一丝异样。

老妇人又跟她细细碎碎说了许多话，她便很快把这一桩小事抛在了脑后。

道路泥泞，老马一个趔趄，马车的轿厢狠狠晃了一下。

楼毓身体不稳，双手往后一撑，忽然发现草席下面软绵绵的，她似乎按到了什么，回头猝然掀开席子一看，竟然是一只脚。

楼毓心里一颤，老妇人赶紧倾身过来把席子盖好："哎呀，姑娘吓到你了吧，这是我儿子。之前怕你害怕，就没告诉你了。"

"这是怎么回事？"楼毓稳了稳心神，冷静的语气中暗藏着怀疑。

原来这位妇人本有万贯家财，她这个独子从小就心地善良，乐善好施，做过的好事一本功德簿都记不完。这次洪涝，她儿子不顾家人阻拦，几乎散尽家财四处施粥赈灾，帮助难民，结果自己却染上瘟疫暴毙。

老妇人这次来替他收殓尸体，把他带回家乡。

"善有什么用，菩萨心肠有什么用……"老妇人说着说着嗤笑一声，苍老疲惫的面容上那笑容透着几分说不出的古怪，"那些人记着他锅里的粮食，人死了，尸体被抛在马路边，也没人肯挖个坑把他埋了……"

她说到这里，楼毓方察觉到最大的问题。

这马车上有一具尸体，且死者生前是因瘟疫去世，仲夏天怎么会没有腐烂？尽管她现在内力全无，在马车内怎么会没有闻到一丝异味？

除非——老妇人对她儿子的尸体做了特殊处理，得以保存。这乃临广巫族一脉才懂的技巧，一个普通富贵人家的女主人怎么可能会？

"你究竟是谁？"楼毓身手敏捷，手中的匕首抵着老妇人的脖子。

老妇人混浊的眼中并没有露出丝毫的惧怕，皮肤已经松弛的脸变得有些扭曲。楼毓的刀子逼近，在她皮肤上划出一条血痕，却对她没有威慑作用，她似乎已经不看重生死。

"姑娘，我好心载你一程，你这是做什么？"

楼毓的眼睛危险地半眯起来。

老妇人又笑吟吟地叹息："看来果然好心没好报啊……你我都是将死之人，何必怎么大的戾气？"

楼毓反应过来，看了眼身边的水囊。

老妇人笑得诡异："水是干净的，你喝不喝都无所谓，只是水囊是脏的，苍蝇血是脏的，你伸手接了，碰了，就撇不掉了。瘟疫这东西传染极快，姑娘你不知道吗？你同我在一处待了这么久，马车里头又不通风，说不定姑娘你现在也染上了。"

"你……"

"我本就是将死之人，我儿死了，我就没有打算活下去。"老妇人撸起袖子，露出的一截小臂上惨不忍睹，大片大片的肌肤失去了本来的颜色，青紫斑驳如同一块散发着恶臭的腐肉。

"很快，你就会变得像我一样了……"

"为什么？"

老妇人扶了扶头上的发簪："人常说因果宿命，我儿做了那么多好事，沦落到如今这个下场，我也想问问姑娘为什么。"

"他乐善好施，本就不是出于索要回报，他替别人做了什么，却没要求别人一定要替他做什么，但求无愧于心。你现在如此，倒是替他抹黑了，是要折了他的功德的。"

"简直胡说八道！"

"我要下去！"楼毓不再管近乎癫狂的老妇人，撩开车帘对车夫说。

谁知车夫竟是老妇人忠心耿耿的愚仆，试图抓住楼毓，两匹并驾齐驱的马因为车上的打斗狂奔起来。楼毓试图握住缰绳，却被扑上来的老妇人死死缚住双脚。

马车侧翻，从山道上滚下去时，楼毓只觉一阵天旋地转，眼前的世界陡然暗下来，似入永夜。

天翻地覆之中，楼毓脑中快速地闪过两个念头：一是好在没有一时心软，将那小孩一同带上马车，否则就是害了他；二是她恐怕见不到周谙了，他与她之间聚少离多，双方确定心意在一起没多久就分开了。她心生悔意，竟恨自己先前的犹豫不决，倘若时光能够倒流……

可惜这种假设根本不可能存在啊。

楼毓被甩出车厢，山中的荆棘如刀子般在身上割裂，一阵向下的缓冲之后，她双手抱住一棵柏树的枝干，生生停了下来。指缝间的鲜血顺着手臂蜿蜒地往下流，白衣已看不出本来颜色。

身后马车滑落谷底撞击到一块巨石停下，发出一声巨响。

楼毓死里逃生，瘫在地上缓了片刻，沿着陡峭的山坡去谷底察看，老妇人和车夫均没了脉搏。用匕首挑开车夫的衣襟，发现他生前也已经染了瘟疫。

为了防止瘟疫扩散，楼毓找了些枯枝架起，一把火烧了三人的尸体。

她看着面前熊熊燃烧的大火，心中升起一股悲凉，她不确定自己是否已经感染上瘟疫，或许也已是半个将死之人。

她一人困在空旷的山谷，带着伤披荆斩棘，沿着嶙峋的石壁和不知年岁的老树攀爬上去，不知走了多久，体力透支，渐渐忘却自己身处何时何地，不明白要去往何方。茫然四顾，她恍惚间终于想起周谙的名字，这个人或许还在找她，还在等她。

这个信念苦苦支撑着她，支撑她终于走出山谷，支撑她生出一线生机。最后却忽然一阵眩晕，不好的预感袭来，她看着自己手臂上浮现出青紫色的斑块，现在颜色还很淡，不太明显，但跟妇人和车夫身上出现的斑块几乎一样。

先前还心存一丝侥幸，现在她清醒地知道自己逃不过去了。

- 叁 -

楼毓决定赌一把。

每遇瘟疫频发，南詹各地方官府官员需控制疫情，大发救济粮，并聚集患者开展救治事宜。情况严峻时，皇帝甚至会派遣宫廷御医前来诊治，采取诸多措施，控制疫情，稳定民心。

虽如此，但前去投靠官府却是一件十分投机的事。

患者自愿前去，虽然有机会被救治，但也存在更大的风险。一旦到了患者集中的地方，瘟疫更快滋生，轻度感染者很有可能发展成重度，在此之前倘若大夫无法开出有效的药方子，便只能生死有命，全看个人造化了。

楼毓是主动送上门去的，现在正逢乱世，她傍身的钱财散尽，找不到可靠的郎中，贸然走在人堆里，也担心牵累无辜的人，不小心把瘟疫传染给他们。

衙役把楼毓的情况登记在册，叫道："下一个……"楼毓便被后面的人推着往前走，跨入那一道门槛，进入一个生死未卜的世界。

周围全是瘟疫感染者，有的症状已经非常严重，躺在草席上奄奄一息,浑身散发着恶臭,面色发黑,只艰难地吊着一口气。有的是像楼毓这种初感染者,症状较轻,出现头昏发热、呕吐腹泻等状况。

按照病情的程度,他们这一大批人被划分到不同区域,相互隔开。重症病人病入膏肓,大夫几乎不再抬脚过去。轻度感染者还有生机,每日便有各种汤药送进来。

活动的区域被限定,不得乱跑,困在方寸之间,如同监狱。

楼毓连续腹泻不止,内力消散之后,身体竟还不如一个普通人。灌进去的药大半被吐出来,体内时冷时热,一会儿如同掉入冰窖之中,一会儿又如被烈焰焚烧,受着双重煎熬。身体垮掉的速度比她预料中要快许多,每日意识清明的时间也渐短。

全副武装的衙役每日熬好消毒除味的艾草水前来泼洒,四处充斥着强烈刺鼻的气味,肺腑好像也被侵占了。蒙着口鼻的大夫查看了楼毓的状况,长长地叹息,楼毓在其中听到了无望的消极意味。那叹息声里隐藏着另一层意思,好像在说:"姑娘,你日子不长了,保重啊……"

楼毓经历过不少生死关卡,最险峻的一次是在坡子岭,她以为自己活不下去的时候,周谙从天而降。

这一次,她竟也开始把希望寄托于另一个人身上,心中开始万分期盼周谙的出现。偶尔从病痛中解脱，分得出一丝精神思考时，她脑海中浮现出那个熟悉的影子，狭长潋滟的凤眸，笑时微微翘着的唇角，他把自己的心交到她手上，他说："阿毓，你信我一次，我绝不负你。"

他说："我分明不输楼渊啊，你为何不能好好看我一眼？"

楼毓想起他说这话时抱怨委屈的样子，和蔺先生春蚕学堂里的孩童很像，没有得到想要的东西。

楼毓还想再见他一面，如若再见，她就把他要的她有的，全都双手奉上。

她这样热切地希望着，但人的希望总容易落空。

三天后，有消息传来在身边犹如一记惊雷炸开。

"什么！官府不管我们死活了？"

衙役凶神恶煞："嚷嚷什么！"

"现在以楼家为首的几大世家联手造反了，皇上要兵要钱，忙着镇压刁民，哪还有钱拨下来给你们治病！"

"那我们怎么办？"

衙役不耐烦道："待会儿你们就知道了。"

身边其他人还在议论纷纷各种猜测，而楼毓已经猜到了，待会儿他们将要面临的是什么。没有被治好的疫民，身染恶疾，还会把瘟疫传染给他人，官府当然不会放任他们出去，而是选择——全部处死，以绝后患。

楼毓虽想到这些，但此时的她没有力气逃了，她这次赌输了，恐怕要死在这里。

两个时辰后，每一扇木门均被上了锁，里面的疫民都出不去了。衙役一窝蜂拥进来，四处铺上干燥易燃的茅草，浇上火油。

这些性命垂危的疫民终于明白过来，鬼哭狼嚎着，周遭变成人间地狱。被瘟疫折磨得痛苦不堪时，因无法忍受而发出的呻吟嘶吼，不及现在万分之一的绝望。那时尚且抱有一丝希望，现在他们却是被无情地抛弃了。

楼毓麻木而冷静地坐在角落，被锁住的木栏杆内无数只手往外伸，像一个个不甘被黑白无常索命的冤魂。

时间还在一点一滴地流逝，她知道她等不到周谙了。

"姐姐，姐姐！"有一个急切而稚嫩的声音在众多低哑的嗓音当中听起来格外突兀，楼毓抬头望去，不久前仅与她有过几面之缘的小孩出现在门外。

"你来这里做什么!赶紧出去!"楼毓大惊。这孩子怎么找到这里来的?衙役马上就会点火了,这里将会被烧得干干净净。

小孩道:"我来救你。"

"这里都是染了瘟疫的人,听话,你必须马上走。"楼毓避开他从外面探进来的手。

"可是姐姐你就要死了……"小孩忽然呜呜地哭起来。

楼毓心中焦急,却换了温和的口吻:"你能替我做一件事吗?"

小孩脸上挂着泪痕,停止了哭泣,看着楼毓认真地点头。

楼毓的声音很轻:"还记得我换衣服的那间茅草屋吗?"

小孩又点头。

"那间屋子后面有一排梅花树,从左边数第三棵梅树下我埋了东西,你替我挖出来,去幕良找一个叫周谙的人,把东西交给他……"楼毓呼吸不畅,喘了口大气,嘴边淡淡的笑容却是那么温柔,"你再帮我捎个口信,就跟他说,楼毓食言了,没法在辜渠等他回来了。记住了吗?"

"记住了。"

"那快走吧,"楼毓说,"等等,你叫什么名字?"

"题萧。"

"题萧，"楼毓念了一遍他的名字，"你要好好活下去。"

楼毓埋在梅树下的东西，是兵符。

她摆脱掉青衣侍卫之后，意识到自己很有可能再被他们找到，到时随身携带的兵符不知会落入何人之手，便当机立断把兵符藏了起来。

她并不寄希望于一个六七岁的小孩子真的能够跋山涉水替她把兵符交到周谙手上，她只是想借此让题萧赶紧离开这里，保全性命。

大火燃起，她想起十二岁自焚于东宫的太子归横，想起同样被大火烧得一干二净的楼宁，如今终于轮到了她。飞檐翘角下的风铃声好像在召唤一个个亡灵，人死后是否会入轮回之道，进入下一世的宿命当中？

到下一世，她可否还会遇见周谙？到那时，今生的种种皆如云烟散尽无踪了吧？

她那么不甘，身体却越发沉重，好似不停地往下坠、往下坠，火苗逼近了——

题萧边哭边跑，不敢回头看，他害怕身后的大火已经将一切吞噬干净。他伤心得好像要死掉了,猛地撞上一个人。

老头儿被他撞翻,一屁股坐在地上。

"哎哟,谁家的小崽子不长眼睛!"雀暝恼怒道。

满脸眼泪鼻涕的孩子看着他傻了眼。

- 肆 -

很早之前,周谙就同楼渊做了一笔交易。

他们的目的其实是相同的,削弱门阀世家权力,集权于中央,于是先携起手,对付外敌,尽管他们看彼此都不顺眼,周谙是死而复生蛰伏民间多年的太子,而楼渊是藏身于楼府的淑妃之子。

楼渊一脚踹掉上任楼家家主,掌了实权之后,开始拉拢临广苏家、葛中林家等几大世家谋反,等各大世家参与进来落下实锤,他再倒打一耙,将有异心之人一网打尽。

又有谁会想到,楼家现任掌权人会是皇帝的儿子。

周谙则策划了民间的一切,洪涝与瘟疫暴发以后,他制造各种乱象,营造出世家所以为的绝佳时机,民间起义一步一步逼得他们分身乏术,最后不得不反。

周谙与楼渊这两人，牵动朝廷和江湖的势力，企图借此机会把门阀世家清理干净。

最后的一步，是获得掌控五十万大军的兵符。这枚兵符属于曾经的少年楼相，如今的楼毓。

周谙没有问过楼毓关于兵符的下落，他最不愿意看到的，是自己在楼毓面前苦心建立起来的信任，一朝坍塌。他不想拿他们之间的感情做任何冒险，楼毓是一只刺猬，她被伤怕了，一有风吹草动，就会竖起全身的刺。

很快，尘埃落定之后，他就可以去辜渠找她了。

兵符关系着在这之后，他与楼渊之间谁会是最后的赢家，但他想，那些或许没那么重要了。

烈风阵阵，天幕低垂，阴沉沉地压在头顶，乌云好似千军万马奔腾过境，一场大雨倾盆落下。水榭中的纱幔被劲风拧成一团，吹斜的雨水打湿两人的衣袍。

石桌上的棋局被两人下成了死局，皆无路可走。

周谙率先收了白子，道："我十二岁离开幕良入葛中，筹谋多年，至今离皇位只差一步，却没有了要争的心思。"

"皇兄难道要把天下拱手相让于我？"楼渊话里针锋相对，"难道不想争一争这最后的结果吗？"

"我真正想要的，已经得到，如若贪心，最后会得不偿失，我不想冒这个险。"周谙归心似箭，不待雨停，便走入雨中，"太子归横早已死了，他不愿再回来……"

周谙说完这一句，只觉酣畅淋漓。

他一心南下，去往辜渠，雷霆万钧亦不能阻挡。天青色的衣袍如携着一片巍巍山峦，不可撼动。

大雨倾盆而至，又顷刻间退去，一时云消雾散，初阳万丈金光自云层缝隙中洒落人间，犹如佛光普世。

千重门的信鸽飞越千山万水扑棱着翅膀终于落在了周谙肩头，纸上却不是书写着相思意，儿女情。

噩耗终于传至周谙手上，离楼毓在异乡遭遇的那场大火已经过去整整二十七天。

二十七天前，有一女子，身染瘟疫，陷身火海，她仍在等她的心上人。

全文完

◆ 番外一 金风玉露一相逢

苍穹如墨染，飘游的云层越积越厚，灰蒙蒙地遮去了悬挂天边的一弯镰月。

楼宁站在树梢上，四下寂静，只偶尔听见一阵杜鹃啼血的哀鸣。她的身下是一块荒芜的空地，四周荒草及膝，渐渐地，氤氲起雾，连风也吹不散，天地间仿佛回到混沌未开之际。

忽而之间，有人间市井的声音慢慢传入。

她看见荒草之中，赫然出现了一个两人大的洞口。

楼宁等了良久，瞧准时机，从洞口跳了进去。

慢慢地，由远及近有明黄灯火闪烁起来，伴随着人潮的喧嚣声越来越大，吆喝叫卖声不绝于耳。

繁华的街道，如同梦魇般在眼前徐徐展开，她目不暇接。

这是楼宁第一次来鬼市。

她这一次来临广，一路上在官道旁的茶棚就听说了不少奇闻轶事。临广偏远，与叶岐只相隔一座氓山和一江氓水，古往今来，就是话本子里各种离奇故事的发源地。

楼宁最感兴趣的，便是他们口中的鬼市。

有的人是光鲜亮丽地活在太阳底下的，还有的人活得如同蛇虫鼠蚁，见不得光，得一辈子窝在地底下。第二类人多了，聚在一起生活，便有了鬼市。

楼宁长这么大还没有见过鬼市，又正是好奇心旺盛的时候，这个被楼府收养的三小姐表面乖巧，实则一身反骨。打听清楚之后，她自然要来见识一番。

她戴了个鬼面具，边走边逛。

慢慢发现这里和地面上的集市也差不了多少，不过光线昏暗，为了看得更清楚些,她从小摊上买来了一盏纸灯,提在手中。

这里极热闹,无数人和她擦肩而过,或者说是鬼,有的面容狰狞十分凶悍,有的头发蓬乱罩住了整个脑袋,有的尖嘴猴腮两颗眼珠子像镶了两颗黄豆进去,有的缺了一只耳朵和一只胳膊,有的不能直立行走只能四肢爬行……

之前楼宁想象得到的,想象不到的,都在这里见到了。

她胆大,但毕竟才十五,此时又是一个人单独行动,提着一颗心十分谨慎。

后来累了,她又买了半包糖豆去听说书。一个老头站在一张三条腿的桌子后,把青灰抹布往上一铺,两三下捋顺,右上方搁了一盅茶,惊堂木一拍:"话说西天之上有座雪峰山,雪峰山不见首不见尾,峰顶有座府邸,府邸中四季如春,住着位青龙神君……三百年前,青龙神君下凡历劫,故事便由此开始……

"那是元宵佳节,热闹的花灯会上,神君初入凡间,在拥挤的人堆里被连着推搡了好几下。神君的脾气一上来,铆足了劲,正准备攥着拳头爆发,不料却被脚下的一颗小石子绊住了脚,阴沟里翻船,混乱中有人扶了他一把,身侧传来一个声音:'兄台,小心——'"

听书的越来越多,楼宁一个不稳,被推了一把,旁边有人扶了她一把:"兄台,小心——"

台上台下的两道声音几乎同时在楼宁的耳边响起,说书人的声音粗粝,身旁传来的声音清朗。

楼宁转头,看见一张温润无瑕的脸。

苏清让于一派昏黄的光景中对着楼宁露出了一个笑。

多年以后楼宁回到幕良,濒临死亡之际,她依旧能清晰地回忆起这一幕,就像是一幅被她珍藏了一生的画卷,待到绝望时,她静静在脑海中展开这幅画,以找到继续活下去的力量。好似斜阳渡口,她在那人的笑容里,乘着天黑之前的最后一丝幽光,撑着竹筏泊岸了。

这一天,还在鬼市的楼宁,没有任何悬疑地,对苏清让一见倾心。

谁叫她偏偏在鬼市,却遇见了谪仙。

楼宁从鬼市出来之后,悄悄回到父亲落脚的苏家。房里的两个小丫鬟急得跳脚,就怕楼宁出了个万一,不回来了。后来发现,虽然人回来了,却变得有些异常,跟丢了魂一样,说是失魂落魄也不为过。

楼宁揭下面具,脱了衣袍沐浴,憋着口气沉入浴桶中,脑海中又浮现出那人的脸。

她暗暗懊恼,当时怎么就那么呆呢,居然忘了说话,连人家姓甚名谁都未问个清楚,日后人海茫茫,再要相逢谈何容易。况且,她在临广也待不了多久。

楼宁这次是随着楼父从京都幕良来临广微服私访的,他们一行人借宿在当地最大的一个世家苏家。南詹三大世家:幕良楼家、临广苏家、葛中林氏,三家私交甚深,自南詹建国三百八十七年以来,与皇权相互制衡。

楼宁随父亲入住苏家以后,受到热情的款待,她若没记错,苏家的当家主母说明天是临广的山林祭,又有了好借口,可以出去逛一逛。

楼宁从水面钻出来,抹了抹脸上的水,心道,不知那人会不会去山林祭。

山林祭是祭山神的活动。

临广地处偏僻，虽是南詹国版图上最大的一块，却位于西南边，远不如幕良与葛中地区繁华。这一带山脉纵横，百姓靠山吃山，世世代代如此过活，有着源远流长的山文化，又十分信仰山神。

楼宁为了凑热闹，翌日用过午膳之后迫不及待地出了门。

如今世家兴起，民风开放，楼父也没拦着她，她不在眼前晃荡，反倒省心。苏家派遣了两个家仆，跟楼宁同行，也好让她玩得尽兴一些。

苏家家仆一路跟在楼宁身后："小姐，要不要买一顶帷帽？"

"买帷帽做什么？"

家仆冷汗涔涔："小姐不觉得……众人目光灼灼似骄阳，烤得人脸皮发烫吗？"

楼宁大笑，丝毫不扭捏作态，笑声如碧玉环珮相击丁零响，清脆悦耳，在人群中荡漾开来。一时之间，目光灼灼，偷偷朝她张望的人便更多了。

家仆心想，这位天下第一美人，真是太张扬了。

楼宁全程围观了山林祭，心思不在看热闹上，反倒一直在人群中搜索着什么。她昨天还抱有一丝期盼，能够再见那人一面，现在心里却越来越沉，觉得再见之日遥遥无期。

苏家的两个家仆年纪估计比楼宁还小，也是玩心大的时候，双眼熠熠地望着小道两旁的各种摊贩上的玩意儿，时不时也兴高采烈地望一眼一旁戴着鬼面具耍杂技的。

"你们也去玩吧，天黑之前，在这棵榕树底下集合，到时候咱们再一起回去就成。"楼宁说。

两人犹豫不决，楼宁又给了他们每人两块碎银子："行了，去吧。"

到底是小孩子，经不起一而再再而三的诱惑，一步三回头地朝楼宁望了又望，就钻进人堆里不见了。

楼宁少了两个小跟班，一个人无拘无束，也更加轻松自在。

祭山神的仪式举行完毕之后，热闹依旧，楼宁沿着路，停停走走，四处看看。

晚春时节，绯艳的山花盛开，姹紫嫣红。山林深处刮来舒适的风，鸟鸣声夹杂在一阵又一阵的欢呼声中，隐约可闻。

时间在不知不觉中飞逝，天渐渐暗下来时，众人也各自归家。

楼宁走到了这条路的最后一个摊子，吹糖人的老爷爷已经打算收拾东西回家："姑娘，这个送给你，不要钱了。"

那吹出来的是一只蝴蝶。

楼宁接过来，道了谢，开始往回走，发现这条路远远比她来时长，遇见的人也越发少了，走了半晌，竟只剩下她一个人。

走着走着，面前还出现了分岔路口。

来时只顾着玩了，根本没有注意看路，如今根本无法判断走哪边才能按原路返回。

夕阳彻底地从山头落下，如同明珠深深沉入海面。天光收拢，黑夜如期而至，四下变得安静，楼宁清晰地听见自己踩断枯枝发出的声音。

借着朦朦胧胧的月光，她尚且还能看清脚下，但辽阔的山野一片死寂，楼宁大概知道，自己应该是走错路了。

"小姐……"

"楼小姐……"

呼唤声传来时，楼宁惊喜地应道："我在这里！"

苏家两个家仆大汗淋漓地跑过来，紧张兮兮地询问楼宁一番，可有受伤，可有不适？楼宁说一切都好，只是迷路了。

三人在山林中走了半晌才出去，楼宁听见身旁矮一点的那个家仆道："竟已到了金泉涧。"

楼宁顺着他的目光望去，发现前方一泓溪水旁，立着一块形似金元宝的巨石。

另一个高点的家仆道："到了金泉涧，离六爷的宅子就不远了，要不今夜去六爷府上借宿？要是再回苏府，恐怕还得走上好几个时辰，就怕小姐吃不消……"

"你疯了不成？"说话人的脸上露出了避之不及的惶恐表情。

两人居然当着楼宁的面旁若无人地商量了起来，楼宁看着有趣，对他们口中所说的六爷顿时起了兴致。

"那便去吧，本小姐不想走了。"楼宁捶了捶腿，一锤定音，解决了他们之间的争辩。

"这这这……"对方结结巴巴。

楼宁笑着敲了一下他俩的头："这什么这，就这么定了。"

"唉，算了，便听小姐的罢了。"识时务者为俊杰，何况，面前是位倾城绝色的美人。

俩家仆一个提前跑去六爷那儿通报了，还剩一个领着楼宁慢慢走。

"你们所说的六爷是谁？"楼宁问道，"是苏府的公子吗？"

"回小姐,是苏家的公子,排行老六。"

"排老六?那他怎么一人住在外头的宅子里?"楼宁一脸虚心请教,据她所知,苏家还未分家。

"六爷自幼体弱,身体不适,搬出来住是为了调养。"

楼宁朝寂静冷清的山林张望了一眼,若有所思道:"这荒郊野岭的,还真是调养身体的绝佳场所啊……"

她自顾自地感慨,苏家的家仆却快要被她问哭了:"小姐您就行行好,别问了行不行?有些事情,我们也不方便说啊……"

他们战战兢兢的,越发勾起了楼宁探究的心思。

头顶的月光如山间轻薄的雾,潺潺流水声从茂密的草木之后传出,渐渐地,楼宁发现脚边盛开了一路的妄生花。殷红的花瓣在夜色中舒展,像渗透了鲜血一般,有种绮丽而鬼魅的妖冶之感。

"小姐小心些,走小路中间,不要靠得太近,千万别被花枝划了伤口。"家仆回过头来提醒。

楼宁自然知悉,妄生花剧毒,且传闻百年难得一见,谁知竟在这片山野悄无声息地开成了连绵的花海。而且,看这架势,应该是由人特地种植的,并非野生。

两旁的树影黑漆漆地摇曳在地，形态各异，像极了话本子里的魑魅魍魉，远山全变成了一片模糊的轮廓。

不知又走了多久，楼宁看见前方的路尽头，闪烁着一盏微茫的烛火，好似夜空中的一颗星辰陨落，掉到了人间。

"小姐，快到了，看到前方的光了吗？准是六爷派来接应我们的人！"

楼宁也默默松了一口气，加快了脚步，朝前走去。

那一缕青衣影，在楼宁眼中逐渐变得明晰起来，模糊的面容，逐渐在她眸中具象，变成她朝思暮想的容颜。

竟是他。

等在路口的苏清让一个鞠躬，笑意温文尔雅："贵客光临，有失远迎，还望小姐恕罪。"

楼宁心中有烟花齐鸣，满山遍野的荒凉夜色刹那变得璀璨。

她躬身回了一个礼："小女子楼宁，敢问公子大名？"

林间有风穿过，带动广袖翩翩，声音也随风飘远："——在下苏清让。"

金风玉露一相逢，便胜却，人间无数。

这便是他们之间的开始。

当晚楼宁入住了苏清让的宅子，满室的月光倾斜，她辗转反侧，一遍又一遍地在脑海中勾勒那人的脸。夜里实在睡不着，第二天很早便起了，她又在院里看见了坐在檐下看书的苏清让。

这位苏公子可真勤奋，楼宁在心底暗暗感慨。

这时她还尚不知道，苏清让有夙疾缠身，苦于病痛，夜夜煎熬不能入睡，才会如此早起来。

她一心沉浸在相识的喜悦当中。

她缓着步子朝他走去，清晨还未绾的发缎在身后，粉黛未施，穿着一袭素衫，在苏清让身旁的竹椅上落了座。

"六爷早。"她巧笑倩兮。

"楼姑娘早。"苏清让道。

两人四目相对时，都在对方眼中望见自己的身影，然后不约而同地笑起来。

楼宁终于感到一丝羞赧，似胭脂染的红晕悄悄爬上脸颊。

"昨晚放信鸽告知了苏府，交代了姑娘的行踪，他们一早便会派人来接。"苏清让以为她是放心不下，一早过来询问此事。

楼宁却道："不急。"

这答案出乎苏清让的意料之外："昨夜夜深时，听见姑娘房中有走动声，可是睡得不习惯，难以入眠？"

"咦——"楼宁凑过去，薄唇轻启，掺杂了一丝调笑，"六爷如何知道，我屋内半夜脚步声频繁？"

被这么露骨的一问，苏清让差点招架不住："你我房间相隔不远。"

"因为相隔不远，夜晚安静，不难听得到一些响动。"苏清让一本正经地跟她解释，面上也有了薄红。

"是我扰到六爷了？"

苏清让摇头，楼宁大发慈悲，卧在竹椅上终于没有再询问，秋水似的眼波流转，不一会儿，倒困了起来，打了个哈欠。迷糊中，身上盖下来一件带着温度的衣袍。

"早间风凉……"

楼父和苏府派人来接楼宁时，她同苏清让告别，来不及多说什么，便只有一句："等我。"

苏清让哭笑不得，这自古以来多是男子对女子的许诺之词。

她却让他等她。

把人送至门口，楼宁翻身上马，勒住缰绳回头冲苏清让眨了下眼睛。

苏清让看着那匹白马驮着她，逐渐在山野中走远。两旁苍翠的林木中，那一身霜白的衣裙如墨滴入水中，无声淡去。

女子清脆俏皮的声音还在耳边回响。

她说："后会有期。"

半个月后，楼宁跟随楼父回到京都幕良，楼、苏两家联姻，也提上了日程。

苏家虽也称得上百年世家，与楼家相比，还是差了那么一点，且地处偏远。楼家各房夫人个个提心吊胆，不想把自己女儿许配过去，唯有一个被收养的三小姐，是最好的人选。

楼宁一听说对方是苏家的病秧子苏清让，欣然应允。

楼家养女配苏家弃子，实乃绝配。

她却想，我与他果然是天定的姻缘。

那个盛夏，从幕良到临广，楼宁嫁进了苏家。

红色罗帐鸳鸯被，红色囍字贴窗扉。楼宁罩着盖头，等了许久，门外终于有脚步声响起，她把手指捏得发白。

遮住眼帘的那一方殷红被徐徐挑开，苏清让就在她面前，她斟酌着露出一抹练习了许久的笑，嘴角勾起的弧度都恰到好处："我们终于又见面了，夫君。"

已经大胆地换了称谓。

苏清让失笑，递给她一杯合卺酒，楼宁却迟迟不接。

她其实手抖得厉害，却偏要做出一副天不怕地不怕的模样，被胭脂润红的唇瓣微微翕动，未说出口的话，又咽了下去。

苏清让拉住她冰凉软绵的手，温温的指尖替她暖了暖，轻声道："阿宁，莫紧张。"似乎是怕吓到她，细听，又包含了显而易见的揶揄。

楼宁大概在这一秒才放下心来，她望着苏清让的面容，两人相视而笑。

之后，他们在一起度过了彼此生命中最美好的一段时光。

楼宁极爱苏清让隐于深山中的这座宅子，两人一起在院里院外种满了桃花，过着清闲自在的日子。

她最不喜的是，每逢初五，苏家的人便会前来接苏清让回府一趟，商议家族事务。苏清让日出时分出门，日落便归，有时会晚上一两个时辰，夜空繁星满天才能归家。楼宁听见门外的动静，坐在院子门槛上等候，总会见他一脸苍白地回来。

他自幼因身体不适，被苏家视为不祥之人，早年前搬出苏家，居在山中，修身养性，对于朝堂之事并无过多牵扯。可苏家却又不能没有他，众子孙中，苏清让是最有学识、名望最高的那位。

"下月初五不准出门了。"见此，楼宁也会摆摆脸色。

苏清让道："不可不去。"

楼宁闹脾气，当日未用晚膳便睡下了，也不曾理会过苏清让。

"阿宁——"

"夫人——"

"娘子——"

无论如何哄，她总归不理不睬。

夜晚山雨骤来，苏清让关了窗户，静静拿了卷书在灯下看。楼宁见此，气恼地捶了下床，卷着薄毯滚了两下。

阵雨敲打窗扉，一时间狂风呼啸。

"苏清让！"楼宁一个鲤鱼打挺坐起来。

"在。"

"外边打雷了，下雨了，你家娘子生气了，你还能读得进圣贤书？都不知道过来哄一哄吗？"

"娘子教训的是。"

苏清让放了手中书卷，移步床榻前。楼宁起身替他宽衣，解开他墨色的腰带，他却顺势圈住她，把头在她肩上枕了枕，不再松开："我家娘子终于肯理人。"

室外风雨倾盆，这一方天地寂静。

楼宁倏然什么脾气也没有了。

深夜苏清让身上的妄生花毒发作，他在阵痛中醒来，楼宁在身侧枕畔酣睡，依偎着他肩膀。

他着单衣起身，猝不及防吐出一口鲜血。

这时的苏清让已经药石罔顾，病入膏肓。

他身上的妄生花毒，潜伏了十余年之久，在苏府是一项禁忌。因为除了他的生父生母，几乎所有血亲皆是凶手。他父亲顾全大局，无法处置众妾，连原配妻子也是罪魁祸首之一，便睁一只眼闭一只眼，并未追究下去。

活了二十四年的苏清让，在未遇到楼宁之前，未曾对这个尘世抱有一分期待。

　　他在耗尽最后一丝生命之前，仍在爱她，他的结发之妻。

　　恩爱两不疑。

　　他从新婚那夜开始，便为楼宁布下了很大一盘棋。

　　苏清让情变，是在那个寒风萧索的冬天，当时楼宁被查出有孕在身，腹中胎儿已有两月。

　　他跟楼宁提出和离，一别两宽，各生欢喜。楼宁并未答应。

　　不日后苏清让携新欢搬出了位于山野中的那处宅子，回到苏府大院。楼宁仍赖在小宅中，固执地守着他们的家，剩下几个忠心的家仆和丫鬟陪着过日子。

　　苏清让走后，那一路的妄生花零落成泥，不曾再开过。

　　直到他们的孩子出生，楼宁方再次见到苏清让，她把襁褓中的婴儿给他看："这是我们的女儿，还等着你给她取名呢。"

　　苏清让看了孩子一眼。

　　那一眼缓慢、凝重，掺杂了太多太多的情绪，最后却变成了毫不加掩饰的嫌恶。

他道:"我不要的弃子,不能姓苏。"

温情的人一旦绝情起来,会让人难以接受。身边绿草如茵,楼宁如站在锋利的刀刃之上艰难地行走,送至眼前的一纸休书被风席卷,飘了起来。

苏清让留给她的最后一句话便是:"你回幕良楼家吧。"

可楼宁没有按照他的计划走。

苏清让的这盘棋里,最不听话、最难以预测的一颗子,不止他自己的心,还有楼宁。筹划至今,苏清让耗费无数精力绘出了一幅临广地区的山河地理图。临广易守难攻,苏家凭借地理优势驻扎百年,私养家兵,如今才成为三大世家之一。

幕良楼氏、葛中林氏不是不想取代它,只是苦于无从下手,苏清让给楼家提供了可下手的机会。

作为筹码,他换来了楼家重新接纳楼宁的机会。

可是楼家派来的车马,却没有接到楼宁。楼宁消失半年之久,将孩子托付给了奶娘,自己杳无音讯。

到头来,苏清让所做的一切努力皆成齑粉,没有了意义。

楼宁生死不明，派出去寻她的人个个无功而返。

在生命最后的那段时间，苏清让整日昏睡，偶有清醒时，不知窗外今夕何夕。斗室中终日焚着安神的冷香，袅袅白烟升腾而起，他那时想，他是不是做错了，是不是他把楼宁逼上了绝路，所以她干脆凭空消失，干脆下落成谜，让他苦寻不到。

可若要他再选一次，他依旧会如此。他死后，她绝不能留在苏家，楼家会给她和孩子庇护。

他不知何处出了纰漏，他不知，楼宁从那凋谢的妄生花中看出了端倪。她四处打听，从江湖人口中得知了妄生花需花毒血浇灌才能存活，苏清让的绝情有了解释。

她欢天喜地，苏清让辜负她，只是为了保护她。笑完又哭，颠三倒四，被逼疯了一般，哭完她告诉自己，一定要救苏清让，一定要让他活下来。

千万不要低估一个深爱丈夫的妻子的决心。

苏清让的意识逐渐模糊，已经分不清白昼黑夜，春夏秋冬，唯有痛和回忆支撑。

他从奶娘那一处听说，楼宁走之前给他们的女儿取了名字，叫楼毓,果真没有姓苏。他无法看着小毓儿一点点长大,心中有无限遗憾。

梦中未比丹青见,暗里忽惊山鸟啼。

苏清让在梦中见了楼宁一面,于落英缤纷之中,她涉水而来,说我等你许久了。苏清让随她而去。

房中的烛火微弱,渐渐熄灭。冷清的夜晚,有人在用羌笛吹奏临广荒凉的乡调,檐下风铃叮当,送走无处栖息的孤魂。

楼宁从炽焰谷带着妄生花毒的解药归来时,已经晚了,苏清让的最后一面也没有见到。

大概是在那一刻心死,连眼泪竟也无。

他们之间的故事,只有短短几年光阴。苏清让耗尽了楼宁一生的爱与恨后,归于黄土白骨。他希望她好好地活下来。

却不知道,她却只想化成一捧冰冷的骨灰,随他而去。

楼宁带着楼毓再次泯没于人海,五年之后,她携小小的面具孩童回京都。浮生若梦,后半生的楼宁入住深宫,摇身一变,成为野史上记载在册的宁夫人。

可她不过一缕孤魂。

谁教岁岁红莲夜,两处沉吟各自知。

番外二 ◆ 想得山庄长夏里

辜渠。

题萧第一天去学堂,心中难免有些忐忑。清晨早早醒了,他抓了把米去院里喂鸡,口中念念有词:"天地玄黄,宇宙洪荒。日月盈昃,辰宿列张。寒来暑往,秋收冬藏……"

"哎呀!"一不留神,他被公鸡啄了手。

他认得不少字,先前楼毓也教过他一些,《千字文》能背出大半了,只是还没有正式上过学。

前几日吃晚饭时,楼毓与周谐在饭桌上商量着,是该把萧萧送去学堂了。晚间两人坐在昏黄的烛火下计划着，题萧上学应该要添置哪些东西，笔墨纸砚必不可少，还得买个可爱些的小布袋，入冬了需添置几件厚衣，萧萧爱吃的糖葫芦也捎两串回来，只能吃两串，再多就不好了，否则会坏牙……

楼毓每报一样，周谙便提笔记下，列出了一张长长的清单。

"明日就去采办。"他搁下笔，再提起，换了一页新纸，边写边说，"孩子的东西置办完了，现在轮到娘子，娘子的梅花簪子旧了，娘子的冬衣得添新的，娘子的剑不够好，城中新开的打铁铺子据说不错，要去看一看。娘子虽不爱红装，但娘子的胭脂也得备着，别人家女子有的，你也不能少……"

楼毓卷了卷书，在他头上敲了一记，笑道："啰唆。"

题萧本是过来找楼毓玩儿，在两人卧房外听到这些，掩着嘴巴躲在窗户底下偷笑，心里暖融融的。七个月前，他还经历着绝望，那时候他以为楼毓活不成了。

身染瘟疫的楼毓让他去梅树下挖一样东西，送去幕良，找一个叫周谙的人。

题萧知道幕良有多遥远，茫茫人海找一个人有多难，等他做到了楼毓所嘱托的，那时候，楼毓肯定不在了。

想到这里，题萧哭得稀里哗啦，难以自已。他边哭边跑，结果撞翻一个老头儿，那个老头儿叫雀暝。怀中的人参掉在地上，被雀暝抢先一步捡起："小崽子，你是不是偷东西了？这么好的人参哪儿来的？"

那是楼毓留给题萧救命的，说他要是觉得活不下去了，就咬一口含在嘴里。

只不过题萧不知道，这宝贝似的千年雪山参最初的主人其实是雀暝，雀暝对楼毓喜欢得紧，就把它送给了楼毓。

自己的东西，自己当然眼熟，雀暝一看便知那是他给楼毓的雪山参。

题萧哆哆嗦嗦地对雀暝指着身后的火海："人参是我姐姐的，你救救她——"

楼毓的命是雀暝救的。

当初的一句"药王死了，天大的本事都无用，你还活着，还有无限可能，光凭这一点，你就比他厉害"言犹在耳，雀暝熬着药，心说丫头你都这么夸我了，我要是治不好你可真对不起那句夸奖。

雀暝只用了十七天时间，昼夜不分，治好了楼毓的瘟疫，用实力说话，他确实比药王厉害，做了一件利国利民的大事。

那时候千重门的众人和楼渊的青衣侍卫，还在漫无目的地寻找楼毓的下落。

再过十个昼夜，千重门众人知道再也瞒不下去，主动请罪，飞鸽传书到了幕良，送至周谙手上，让周谙神魂俱碎。

殊不知，这时的楼毓已经从鬼门关走了一遭回来。

痊愈后的她，带着题萧去找楼渊，用手中的兵符同楼渊换了一样东西——一封手信。他在信中承诺，将来继位之后，绝不为难周谙，绝不动兵铲除千重门，绝不能日后报复。

"你为了他，甘愿做到这种程度？"楼渊在纸上按下血手印，声音艰难地从喉咙里挤出来，喑哑难听。

"我只有他了。"

一身白衣的女子牵着小小孩童，自城门走出去，始终没有回头。

楼渊低低地笑出声，眼中万里江山如画，无尽的落日余晖转瞬之间化为无尽的繁星满天，寒霜露重。

"你只有他了，那我呢？"

第一天放学回来，题萧坐在板凳上，一言不发。

周谙看完千重门的账本出来,见他似乎有些难过,就问:"上学不好玩吗?"

题萧摇头,又点头,十分矛盾和苦恼的模样。

周谙说:"你说来听听,我替你阿毓姐姐开解开解你,她去后山试剑了,待会儿就回。"

题萧说:"坐在我旁边的傅小七问我,我娘叫什么,我爹叫什么,我答不上来,我一生下来就只有爷爷。"

"明天你告诉他,你娘叫楼毓,你爹叫周谙。"

题萧听完眼睛亮晶晶的,方才的郁闷烟消云散了。

楼毓回来,就见院子里坐着一大一小,齐齐朝她招手的模样。她问题萧:"头一天上学感觉怎么样?"

题萧笑眯眯地说:"很好玩。"

楼毓于是放心。

日子安逸,时间也过得飞快,今年的第一场雪落下,转眼间临近除夕。雪势还小时,墙外还有人聚在一块儿唠嗑闲话,哪家的媳妇生了娃,哪家今年收成好,哪家的孩子不听话让人操碎了心,无非还是那些家长里短的小事,断断续续飘进来。

家中小火炉上温着酒,周谙懒得再去书房,与楼毓一同挤在软榻上不想动弹。题萧看他们时不时抿一口小酒,有些眼馋。

"喝一口?"周谙怂恿他,被楼毓一眼瞪回去。

"小孩子不能喝酒。"

酒换成了甜汤,送到题萧手上,也是温的。

雪渐渐大了,汹涌澎湃,屋内的炉火便烧得越加旺。凛风被挡在窗外,呼呼刮着。题萧全身懒洋洋的,枕着楼毓的腿舒服地窝在榻上睡了,耳边还有窸窸窣窣轻言细语的说话声,催人入眠。

"明天就过新年了……"

"今晚早点睡,明早定会被鞭炮声吵醒……"

"我们也要放一挂,讨个好彩头!以后每一年都要一起过。"

"每一年是多少年?"

"一起活到多少岁,便有多少年。"

［番外完］

图书在版编目（CIP）数据

云水千重 / 靳山著. -- 贵阳：贵州人民出版社，2017.9（2020.1重印）
ISBN 978-7-221-14366-2

Ⅰ.①云… Ⅱ.①靳… Ⅲ.①言情小说－中国－当代 Ⅳ.①I247.5

中国版本图书馆CIP数据核字(2017)第233377号

云水千重

靳山 / 著

| 出版统筹：陈继光 |
| 选题策划：大鱼文化 |
| 责任编辑：潘 嫒 |
| 特约编辑：欧雅婷 |
| 装帧设计：刘 艳　孙欣瑞 |
| 封面绘制：槿 木 |
| 出版发行：贵州人民出版社（贵阳市观山湖区会展东路SOHO办公区A座505081） |

| 印　　刷：三河市华东印刷有限公司 |
| 开　　本：880×1230毫米 1/32 |
| 字　　数：167千字 |
| 印　　张：9.125 |
| 版　　次：2017年11月第1版 |
| 印　　次：2017年11月第1次印刷
　　　　　2020年1月第2次印刷 |
| 书　　号：ISBN 978-7-221-14366-2 |
| 定　　价：39.80元 |

版权所有　盗版必究．举报电话：策划部0851-86828640
本书如有印装问题，请与印刷厂联系调换。联系电话：0731-82755298